Mathilde Tc

LE MAÎTRE DE LA GRÈCE

Gallimard

Un pouvoir absolu dans les villes,
des tyrannies sans contrôle
étaient les prix dont il récompensait
ses amis et ses hôtes ;
il n'avait plus qu'une seule manière
d'assouvir sa vengeance,
c'était la mort de ceux qu'il haïssait,
et il n'y avait aucun moyen
d'échapper à ses mains. (...)
De là ce mot fameux du Lacédémonien Étéoclès :
« La Grèce n'aurait pu supporter deux Lysandre. »

Plutarque, Vie de Lysandre

LA GRÈCE AU IVE SIÈCLE AVANT J.-C.

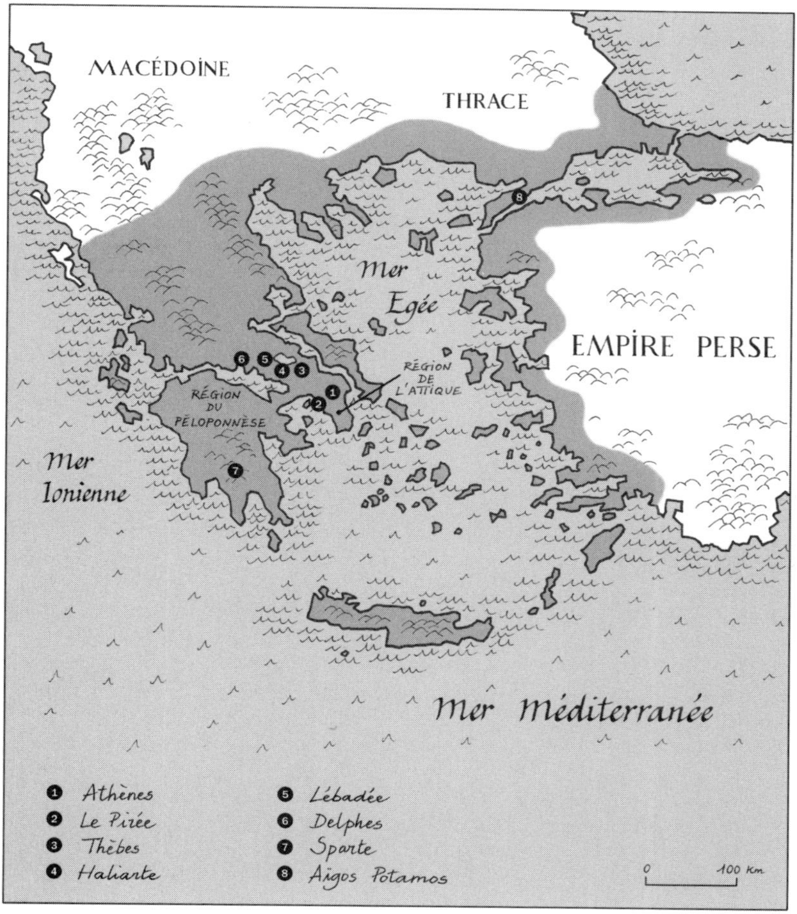

L'ORACLE

(397 av. J.-C.)

. 1

On veut toujours croire que le bonheur, quand on l'a longtemps attendu et qu'on y goûte enfin, sera éternel. Que Némésis, la déesse qui répare les torts causés aux hommes, a fait son boulot, point final. Ainsi, je pensais le sang et les larmes de la guerre derrière moi, et bouffais à pleines dents chaque merveilleux moment de la paix qui régnait sur Athènes.

Comme voir mon jeune cousin Thémis, les muscles bandés et brillants d'huile, cavaler sur la piste du gymnase à la poursuite de ses rêves. Il possédait un talent sans pareil pour la course de fond et, depuis six mois, s'entraînait pour les Jeux pythiques de Delphes – l'une des quatre compétitions les plus prestigieuses de Grèce. Mon employeur, le riche armurier Lysias, lui avait déniché l'un des meilleurs maîtres de gymnastique d'Athènes, un homme du nom de Nicostrate. Quand je pouvais, je retrouvais Thémis et m'entraînais avec lui. Les séances s'achevaient invariablement quand on surprenait Myrto, ma sœur, en train de reluquer les athlètes. Ça rendait chèvre Nicostrate et ça nous faisait bien marrer, mon cousin et moi.

– Continue comme ça et tu vas ficher une belle raclée aux Spartiates, lançait invariablement Myrto à Thémis.

– C'est bien ce que je vise ! fanfaronnait notre cousin.

Les Spartiates dominaient toutes les compétitions qui se tenaient en Grèce. Mais surtout, ils restaient nos ennemis : nos deux cités avaient beau avoir conclu la paix plusieurs années auparavant, trois décennies de guerre ne s'effaçaient pas des esprits si facilement. Athènes vivait encore dans l'humiliation de sa défaite, de la chute de ses murailles et de l'anéantissement de sa flotte, dont l'absence lui rappelait qu'elle n'avait plus aucune influence sur le monde grec.

Moi, cela m'affectait de moins en moins. Je profitais de la jeunesse et de la liberté dont la guerre m'avait privé. Ce qui m'importait, c'était de me rendre sur la colline de la Pnyx pour écouter les débats et voter à l'Assemblée des citoyens, de toucher ma paye de contremaître à la fabrique de boucliers de Lysias et, la nuit, de retrouver les tavernes du Pirée, le quartier du port où j'avais grandi. Et Phryné, « Crapaud », mon amie d'enfance, avec qui j'étais en quelque sorte fiancé. Au grand désespoir de Lysias.

– Maintenant que tu as une situation, tu peux prétendre à mieux, non ? soupirait toujours mon patron. Un magnifique jeune homme comme toi ! Et une prostituée !...

Je ne l'écoutais pas. Sentimentalement, je n'étais pas attiré par les femmes, mais je partageais avec Phryné une complicité sans égale. Alors c'était elle ou personne. De son côté, Crapaud m'était reconnaissante de la laisser poursuivre son affaire : elle voulait garder son indépendance, au contraire des femmes respectables qui, une fois mariées, restaient cloîtrées dans leur maison.

– Alors ? elle m'a demandé un soir. Le petit est prêt pour les Jeux ?

– Pas loin de l'être, ouais. Il a une bonne foulée.

– Tu l'accompagnes à Delphes ?

– Non, il partira avec la délégation des athlètes.

– Tu pourrais courir, toi... T'es bon à la course.

– Comment tu le sais ?

– Tu crois qu'y a que ta sœur qui se cache pour vous mater ?

Je l'ai regardée et on a éclaté de rire.

– Sans dec'. T'es rapide. Tu pourrais t'aligner à la course du stade* !

– Non, les spécialistes du stade sont vraiment trop forts pour moi.

Au vrai, Phryné avait surtout une sacrée envie de se rendre à Delphes, la célèbre cité où la prêtresse d'Apollon, la Pythie, rendait les oracles du dieu.

– Et qu'est-ce que tu lui demanderais, à Apollon ? j'ai fait. Combien on aura d'enfants ?

On a de nouveau rigolé, parce qu'on ne se projetait pas du tout avec une famille. Puis elle est redevenue sérieuse.

– Je lui demanderais si cette putain de merveilleuse paix durera toujours.

Je ne pensais pas que cette inquiétude taraudait Phryné. Revivre l'épreuve de la guerre était aussi ma terreur la plus profonde. L'angoisse était tapie au fond de moi et parfois elle refaisait surface comme une orque menaçante, quand la nuit jetait sur Le Pirée sa couverture étoilée. Je revoyais alors de manière très vive cette crique d'Asie Mineure, Aïgos Potamos, où on avait tiré nos vaisseaux. Le crépuscule qui tombait doucement. Les visages de

* Le stade était une unité de mesure qui valait environ 192 mètres. La course du stade, équivalant à notre 200 mètres, était l'épreuve reine des compétitions de la Grèce antique.

mon père et de mon oncle, le père de Thémis, avec qui j'avais ramé depuis Le Pirée, fier de ma première expédition dans la prestigieuse flotte athénienne. Je me rappelais ces mots que j'avais eus pour eux: «Je vais avec les gars chercher de quoi bouffer, on vous ramène ce qu'il faut!», mon escapade le long de la rivière. Puis les hurlements et le nuage noir dans mon dos, sur la plage que je venais de quitter. Le craquement de nos navires qui partaient en fumée. Et le désespoir sans fond qui m'avait saisi à la pensée que les Spartiates attaquaient mes compagnons à terre et sans armes – mon père, mon oncle et tous mes copains.

Huit ans après, ces images me hantaient toujours avec les mêmes questions. Pourquoi avais-je survécu? Quel dieu m'avait attiré hors du danger? Quand les trois Sœurs du Destin se rendraient-elles compte qu'elles n'avaient pas coupé le fil de ma vie avec celui des autres marins? Je m'en suis un jour ouvert à Lysias. Il m'a répondu que mes interrogations étaient légitimes, mais que la réponse était simple: Sparte s'était octroyé trop de puissance en détruisant notre flotte et il fallait aux dieux un élu, un homme pour être le bras de Némésis, la déesse réparatrice des torts. Et cet élu, c'était moi. J'étais rentré à Athènes pour prévenir ma cité du désastre puis je m'étais engagé, avec mon puissant désir de revanche, dans la résistance à la tyrannie sanglante que nous avait imposée Sparte. J'en doutais ? Preuve en était que j'étais apparu en songe au général Thrasybule, le chef de la résistance, aux côtés de la déesse Athéna, et que je lui avais servi de porte-bonheur, puisque nous étions parvenus à reprendre Athènes aux tyrans et à restaurer la démocratie*.

J'avais pourtant du mal à me voir comme un héros. Pour mes concitoyens, je restais le fils d'un docker du Pirée, le quartier le plus pauvre d'Athènes. Un citoyen de seconde zone qui avait effectué son service militaire dans la marine, incapable de se payer l'équipement de fantassin. Et quand je me rendais dans un temple pour invoquer Athéna, la déesse ne daignait pas me faire le moindre signe... Mais ce qui me faisait le plus douter, c'est que le visage d'un homme revenait sans cesse me terrifier dans mes rêves. Un protégé des dieux n'aurait pas tremblé à la pensée d'un mortel, si ?

Des yeux cruels. Des traits émaciés, taillés à la serpe. La barbe et la chevelure longue des Spartiates. Ce visage, c'était celui de Lysandre. L'amiral qui avait détruit notre flotte sur la plage d'Aïgos Potamos avant d'exécuter, sans crainte des dieux, les trois mille prisonniers qu'il avait faits. Tapi dans un

---

* Lire *Les Révoltés d'Athènes*.

fourré, paralysé par la peur, je l'avais vu débarquer de son navire et procéder à un sacrifice pour le dieu de la Mer avant le massacre de mes compagnons captifs. Il avait ensuite imposé à ma cité un terrible siège puis foulé le sol d'Athènes en triomphateur, fait raser nos murailles au son de la flûte et imposé à la tête de notre cité les Trente, des tyrans aussi cruels que sanguinaires. Jusqu'à ce que Sparte elle-même prenne peur de la puissance de son commandant en chef et qu'elle décide d'intervenir pour aider Thrasybule et la résistance à restaurer notre ancien gouvernement.

J'avais beau me répéter que Lysandre n'était aujourd'hui plus rien, que sa propre cité l'avait désavoué et qu'il était même peut-être mort, rien n'y faisait: il me poursuivait dans mon sommeil comme les trois déesses infernales*. J'ai pensé que le temps finirait par effacer son souvenir, mais c'est l'inverse qui s'est produit: mon angoisse a tellement grandi que je suis devenu incapable de formuler son nom. Je ne l'appelais plus que le «Bourreau d'Athènes», le surnom qu'on lui avait donné ici.

Je n'ai avoué cette terreur qu'à Phryné, parce qu'elle était témoin de mes angoisses nocturnes et qu'elle s'en inquiétait.

---

* Dans la mythologie grecque, les Érinyes, parfois appelées «déesses infernales», sont les déesses de la vengeance.

– Tu avais bien un ami à Sparte, non ? elle a fait remarquer. Il pourrait te renseigner sur ce qu'est devenu le Bourreau. Ça te rassurerait.

Au souvenir de cet *ami*, mes entrailles se sont serrées. En vérité, Étéoclès avait été bien plus que ça. Notre première rencontre avait eu lieu sur cette plage de malheur. Il était capitaine dans l'armée spartiate et m'avait surpris alors que j'observais, caché et transi de peur, la capture des miens et la destruction de nos navires. Il braquait sa lance sur moi et aurait pu me tuer. Mais il m'avait permis de m'enfuir en m'indiquant le chemin pour contourner la plage.

Étéoclès était de ces Spartiates qui souhaitaient la chute du Bourreau d'Athènes parce qu'ils craignaient que son influence et son prestige personnels ne deviennent plus grands que ceux de Sparte. C'est lui qui avait convaincu sa cité de venir en aide à Thrasybule pour permettre aux Athéniens de reprendre le pouvoir sur les Trente. Étéoclès et moi avions noué des liens à ce moment-là. Si forts que son absence me tordait les entrailles. Il m'avait juré de revenir me voir, mais les années avaient passé et il n'avait pas honoré sa promesse.

– Je n'ai aucun moyen de le contacter, j'ai dit amèrement.

Le lendemain de cette conversation, Thémis effectuait son dernier entraînement avant de partir pour Delphes avec la délégation des athlètes athéniens. Il était excité comme une puce. J'étais déçu de ne pas pouvoir l'accompagner. J'avais aussi un peu d'appréhension à le savoir loin de moi, même s'il était un jeune homme désormais.

Thémis avait onze ans quand j'avais été appelé à la guerre. Son père était mort avec le mien, sa mère et ses frères et sœurs avaient péri de faim quand le Bourreau d'Athènes avait assiégé notre cité après sa victoire navale. Thémis aussi était un survivant, et je veillais sur lui car j'étais à présent son tuteur légal. C'était aujourd'hui un beau garçon de dix-neuf ans sur le point d'effectuer son service militaire – Lysias lui fournirait l'équipement de fantassin –, un garçon plein de vie qui, grâce à notre protecteur, grandissait hors du besoin. Et j'aurais attaqué quiconque voulait s'en prendre à lui, à ses rêves, à son avenir.

J'ai eu la surprise de trouver Lysias à l'armurerie. Ses venues étaient rares ; il l'avait héritée de son père mais s'y intéressait peu, sinon pour s'assurer auprès de ses contremaîtres que le travail était bien fait. Ses armes préférées étaient les mots : il était professeur de rhétorique et écrivait des discours de justice. Il avait fourni aux accusés les plaidoiries les plus poignantes, et aux accusateurs les réquisitoires les plus redoutables que les juges d'Athènes avaient jamais entendus.

– Es-tu déjà allé à Delphes, Héraclios ? il m'a demandé.

J'ai répondu par la négative.

– Que dirais-tu que nous partions ensemble quelques jours pour encourager Thémis ? Je te trouverai un remplaçant le temps de ton absence.

Je ne m'attendais pas à une telle proposition.

– Je... Je n'ai pas de quoi payer le voyage, j'ai bredouillé.

– Ne t'occupe pas de ça. J'ai à Delphes des clients respectables qui nous accorderont l'hospitalité.

J'ai pensé à Phryné et à sa déception quand je lui dirais que Lysias m'avait proposé de me rendre à Delphes avec lui.

– C'est que... Phryné rêve d'aller là-bas. Je ne me vois pas partir sans elle.

Lysias a soupiré, mais il a fini par lâcher :

– Emmène-la avec toi.

Nous avons été accueillis en grande pompe par notre hôte, Diagoras. Il occupait la très noble fonction de grand prêtre d'Apollon au sanctuaire de Delphes, qui consistait notamment à présider aux sacrifices et à recueillir les oracles du dieu énoncés par la Pythie. C'était un homme replet, énergique et jovial, même si je soupçonnais sa jovialité de camoufler un caractère redoutable, car il faut une main de fer pour occuper un poste aussi important et convoité. C'était aussi un homme pressé et, une fois passés l'accueil et les présentations d'usage, il a laissé le soin à ses esclaves de nous conduire à nos appartements.

Nos appartements : c'étaient les mots justes, parce que l'enfilade de pièces dont je disposais pour moi seul pouvait sans peine contenir dix fois ma bicoque du Pirée. Je connaissais la villa de Lysias, qui passait pour un des hommes les plus riches d'Athènes, et je peux dire qu'à côté de celle-ci elle paraissait presque petite. J'ai fait quelques pas et je me suis vite retrouvé seul face à moi-même. Dans cet espace trop grand, en tête à tête avec des statues aux traits lisses, l'angoisse s'est mise à monter. J'ai d'abord eu la terrible conviction que je n'allais jamais revoir Phryné (elle avait été conduite par des femmes dans le gynécée*), puis celle que nous courions tous un danger mortel en restant ici. Heureusement, Lysias est entré.

– Diagoras s'est excusé de ne pas pouvoir rester davantage, mais il m'a dit de vaquer à nos occupations comme si nous étions chez nous. Il est très

* Partie de la maison réservée aux femmes.

occupé, surtout en ce moment avec les Jeux. Il doit recevoir des personnages importants.

– Importants ? j'ai répété. Davantage que toi ? Tu es considéré à la fois comme l'un des meilleurs orateurs et l'un des meilleurs armuriers du monde grec !

Lysias a souri.

– Tu as tout dit : moi, je forge les outils pour permettre à d'autres d'être importants !

Je l'ai trouvé détendu. Je crois qu'il était soulagé. Quand Diagoras nous avait accueillis, il n'arrêtait pas de nous jeter des coups d'œil, à Phryné et moi. Surtout à Phryné, parce qu'il craignait, je crois, qu'elle n'ait devant notre hôte une attitude *inconvenante*. Il avait fait très attention à notre tenue, nous offrant des étoffes chères et faisant apprêter mon amie par les esclaves de son épouse pour qu'elle n'ait pas l'air *vulgaire*. Moi, je trouvais Phryné très jolie, mais elle, elle estimait qu'elle avait l'air d'un bouffon de théâtre.

La principale crainte de Lysias, il me l'a avoué plus tard, était que Phryné ne bombarde Diagoras de questions indiscrètes sur le sanctuaire et le culte d'Apollon. Elle avait été très déçue quand, au cours de notre voyage, Lysias lui avait expliqué qu'elle n'avait absolument aucune chance de pouvoir consulter l'oracle.

– La consultation du dieu ne se fait que le

septième jour de chaque mois et il y a une liste. Une liste qui ne contient que les représentants des cités et les personnages les plus influents du monde grec.

– Quand tombe le 7 ? a tout de même demandé Phryné, pleine d'espoir.

– Dans cinq jours.

– Le dernier jour des Jeux, j'ai fait remarquer.

– N'y songez même pas, a soupiré Lysias, qui devait commencer à regretter de nous avoir emmenés à Delphes. Le commun des mortels, et je m'inscris dans le lot, n'en sera jamais.

– Héraclios est le protégé de la déesse Athéna, a rappelé Phryné.

Lysias a levé les yeux au ciel.

– Mais Héraclios ne compte pas aux yeux des puissants de ce monde.

Peut-être Athéna a-t-elle fait des miracles, parce que Phryné a finalement obtenu de poser sa question au dieu. Diagoras la poserait pour elle, car les femmes avaient interdiction de pénétrer dans le sanctuaire. En l'accueillant, notre hôte l'a priée d'exprimer son plus profond désir et il a juré qu'il l'exaucerait. Il voulait sans doute l'impressionner et devait se figurer que Phryné était une femme frivole qui rêvait de boucles d'oreilles ou d'un diadème en or. Et elle, qui ne perd jamais le nord, elle a glissé dans un sourire : « Je souhaite poser une question à

Apollon le Brillant.» Lysias a blêmi, mais Diagoras n'a pas paru gêné le moins du monde. Il a souri et ordonné à l'un de ses esclaves de noter sur un papyrus la question de Phryné. Il a ensuite enroulé le papyrus sur un bâton et promis à Phryné que sa question serait soumise au dieu. Plus tard, Lysias m'a demandé si je savais ce qu'avait demandé Crapaud. Je lui ai parlé de ses inquiétudes à propos de la paix, mais je n'avais aucune certitude qu'elle n'ait pas modifié sa requête.

Le lendemain matin, nous avons cheminé jusqu'au sanctuaire. En contrebas de la route, Lysias nous a montré le gymnase où Thémis et les autres athlètes avaient effectué leur préparation. Il était vide ce matin-là, toutes les délégations devaient déjà se trouver au sanctuaire. Plus on progressait à flanc de montagne, plus la foule se faisait dense. Les gens avaient tendu des tentes en désordre le long du chemin, et une myriade de dialectes se répondaient dans un raffut du tonnerre. C'était étrange de voir toutes ces cités s'entremêler en un même lieu alors qu'habituellement elles se faisaient la guerre. J'avais souvent envie de m'arrêter pour admirer le paysage, cet entrelacs de sommets à perte de vue qui se perdaient dans une brume bleutée. Au cours de notre voyage depuis Athènes, Lysias nous avait dit que Delphes était considérée comme le nombril du monde et que la montagne contre laquelle le sanctuaire était bâti, la plus haute de toutes, se nommait le mont Parnasse. Il nous a aussi raconté qu'à l'intérieur du temple la Pythie respirait des émanations divines à travers une faille dans le sol. Elle entrait ainsi dans une sorte de transe, et de sa bouche s'échappaient les paroles du dieu, que retranscrivaient les grands prêtres. Phryné lui posait toutes les questions qu'elle n'avait pas pu poser la veille à Diagoras. Nous étions de bonne humeur. Je m'étais éveillé dispos, le grand air me faisait du bien, j'avais oublié mes angoisses. Et j'avais hâte de revoir Thémis.

– Aujourd'hui a lieu la grande procession des délégations jusqu'au temple d'Apollon, nous a informés Lysias. Un banquet suivra avec la viande des cent bœufs qui vont être sacrifiés au dieu. Demain auront lieu les épreuves de musique et, dans deux jours, les épreuves athlétiques. La compétition se clôturera sur la course de chars et le festin en l'honneur des athlètes vainqueurs.

– Thémis va s'aligner sur quelle épreuve ? a demandé Phryné.

– L'épreuve de fond de vingt-quatre stades, j'ai répondu. C'est sa spécialité. Et peut-être le demi-fond sur deux stades.

Nous avions atteint les portes du sanctuaire. À travers les murs d'enceinte, qui n'étaient pas très élevés, nous apercevions des constructions basses qui suivaient le flanc de la montagne jusqu'au temple d'Apollon.

– Le stade et le théâtre se trouvent en surplomb du temple, on ne les voit pas d'ici, a indiqué Lysias.

– Et les espèces de mini-temples, là ? a demandé Phryné en désignant les petites constructions.

– Ce sont les trésors de chaque cité, a répondu Lysias. Là où chacune d'elles laisse ses offrandes pour Apollon. Celui des Athéniens est le plus beau, le plus fourni et le mieux placé de tous.

– Évidemment, j'ai dit en bombant le torse.

Nous avons ri et Phryné nous a salués.

– Tu me raconteras, elle m'a dit, avec une pointe de déception dans la voix.

À peine avait-on franchi l'enceinte du sanctuaire, Lysias et moi, qu'on a dû s'arrêter : un attroupement était formé au milieu de la voie sacrée. Nous avons vite repéré le gigantesque ensemble de statues de bronze qui intriguait les badauds.

– Qu'est-ce que c'est ? j'ai demandé.

– Je ne sais pas, m'a répondu Lysias. Je ne

me souviens pas de ce monument. Vu comme le bronze est brillant, il doit être récent. C'est somptueux !

C'était le mot. L'ensemble était composé d'une quarantaine de statues : dix au premier plan et une armée d'autres personnages en enfilade.

– Ce n'est pas l'œuvre d'un Athénien ? j'ai demandé.

– Je ne pense pas. En tout cas, son commanditaire doit être aussi riche que Crésus pour avoir fait couler autant de statues de cette taille dans un métal aussi noble !

En m'approchant, je me suis rendu compte que le monument était posé sur un socle imposant, également en bronze. La scène représentait un couronnement. Lysias en a fait la lecture comme s'il déchiffrait un parchemin :

– Ici Zeus, le père des dieux… Apollon le Brillant… Sa sœur Artémis… Les jumeaux Castor et Pollux… C'est Poséidon, le dieu de la Mer, qui couronne le personnage au centre. Lui, je ne le reconnais pas. Ce doit être un dieu, parce qu'il les égale par la taille… Ou alors un homme qui est *consacré* dieu ?

– Impressionnant, n'est-ce pas ? a commenté un badaud près de nous. Le libérateur de la Grèce ! Le plus grand chef de guerre que le monde grec ait jamais porté !

Il pointait du doigt le personnage couronné, au centre de la scène de bronze. J'ai alors observé la statue en détail. Et mon corps s'est glacé.

Son visage émacié. Sa barbe et ses cheveux longs. Son regard implacable. Son armure brillante et la longue cape dans laquelle il était enroulé. Cette cape rouge qui flottait au vent sur la plage d'Aïgos Potamos...

– Il a fait ériger ce monument avec son trésor de guerre parce que Sparte interdit à ses citoyens de posséder des richesses, a poursuivi l'homme d'un ton badin. Ce butin était si important qu'il a pu faire représenter tous les capitaines des vaisseaux de son expédition ! Ce sont eux qu'on voit derrière.

– Alors ce monument représente...

La fin de la phrase est restée bloquée au fond de ma gorge.

– La victoire d'Aïgos Potamos ! s'est exclamé le badaud. Le libérateur de la Grèce béni par les dieux pour avoir anéanti l'oppresseur athénien ! Et consacré par Poséidon comme maître des mers !

Le libérateur de la Grèce. Autrement dit, le Bourreau d'Athènes. Il avait érigé ce monument à sa propre gloire et à celle de cet enfer dans lequel s'engluaient mes nuits.

– Cet homme a « libéré » les cités de Grèce de l'influence athénienne pour y imposer des gouvernements tyranniques à sa solde, a rappelé Lysias avec calme.

L'homme l'a regardé de travers.

– Serais-tu athénien ?

– Je suis syracusain, a répliqué Lysias (ce qui n'était pas entièrement faux, puisqu'il s'agissait de sa citoyenneté d'origine avant que Thrasybule ne lui octroie la nôtre). Et ce n'était qu'une observation. Je me garde bien de faire de la politique.

Je l'ai tiré par le bras pour nous extraire de l'attroupement, quand des cris ont attiré mon attention.

– Gloire au Maître de la Grèce ! Gloire ! Gloire ! Gloire !

C'étaient des hommes jeunes, enroulés dans des capes écarlates, dont les cheveux longs étaient noués dans le dos et les joues mangées par une barbe naissante. Je connaissais ces attributs, les signes distinctifs des citoyens de Sparte. Ils tendaient le bras vers la statue de l'homme couronné comme s'ils avaient salué leur chef en personne.

– Nous allons honorer ton génie sur le gymnase ! Sparte vaincra comme à Aïgos Potamos !

La foule les a acclamés.

J'ai couru à l'ombre du mur d'enceinte et j'ai vomi. Puis je suis resté un moment accroupi, la tête entre les mains. Je tremblais tellement, m'a dit plus tard Lysias, qu'il craignait qu'un dieu m'ait frappé de folie. Des passants l'ont aidé à m'allonger. Lysias a prétendu que j'avais été terrassé par la morsure du soleil. Mon cœur cognait fort et vite. On m'a fait boire. Petit à petit, je me suis apaisé. J'ai pu me relever et faire quelques pas. Lysias me soutenait avec douceur.

– Je veux partir d'ici, j'ai hoqueté.

– Tu ne veux pas voir Thémis ?

Le nom de mon cousin m'a redonné courage, avant que ne me reviennent les fanfaronnades des athlètes spartiates devant la statue et les acclamations de la foule. Thémis courait peut-être un danger. En pensée, je l'ai vu sur la piste du stade, sans défense, hué par une foule déchaînée.

– Tu pleures, a remarqué Lysias.

– Je ne comprends pas. Pourquoi ces gens haïssent-ils les Athéniens ? Pourquoi vouent-ils une admiration sans bornes à cet affreux personnage ?

Lysias a eu un sourire triste.

– Tu sais, Héraclios, le plus grand défaut des Athéniens est justement de se croire sans défaut... Pendant des années, nous avons prélevé aux petites cités de la mer Égée une taxe pour assurer leur sécurité. Cette taxe devait servir au développement et à l'entretien de notre flotte. Mais il y a eu des dérives. Au bout de quelques années, le montant de la taxe a augmenté, puis cet impôt a servi aux grands travaux d'Athènes. Tu comprends ? Nous avons vécu sur le dos de cités faibles. Quand elles s'en sont aperçues et qu'elles n'ont plus voulu payer, nous sommes allés récupérer notre dû par la force. Ce n'est pas très louable en soi, d'autant plus quand on vante le modèle démocratique à travers la Grèce, tu ne trouves pas ? Alors ces cités sont allées trouver Sparte, et Sparte nous a fait la guerre.

– Ce n'est pas vrai ! j'ai rétorqué avec colère.

– Et puis, pendant la guerre contre Sparte, il y a eu l'expédition à Mélos, a poursuivi Lysias. Ça te dit quelque chose ?

Ce nom a réveillé en moi des souvenirs enfouis et je me suis revu enfant dans les ruelles du Pirée, les genoux égratignés et la plante des pieds à vif à force de courir.

– Oui, mon père est allé là-bas quand j'étais petit, j'ai répondu. Mon oncle aussi. Ils y sont bien restés un an. Je m'en souviens parce que ma tante était enceinte de Thémis, qu'elle a accouché juste après leur départ et que, quand mon oncle a vu son fils pour la première fois, il se tenait déjà debout.

– Ton père t'a-t-il raconté ce qui s'est passé à Mélos ?

– De ce que je me rappelle, ils se sont rendus sur cette île qui était alliée des Spartiates, ils l'ont assiégée parce qu'elle refusait de se rendre et elle a capitulé au bout d'un hiver. Et puis quoi ? j'ai ajouté. C'était la guerre, rien de choquant à ça !

– C'est normal que ton père te l'ait expliqué comme ça. Tu n'étais qu'un enfant. Mais ce que nos troupes ont fait à Mélos n'est pas glorieux, Héraclios. Déjà, Mélos n'était pas à proprement parler une alliée des Spartiates. Les Méliens ont certes des ancêtres communs avec les Spartiates, mais cette petite cité était restée neutre. En réalité, à ce moment de la guerre, Athènes cherchait des alliés. Nous sommes donc allés voir les Méliens et leur avons déclaré : « Ceux qui ne sont pas avec nous sont contre nous. » Eux, ils voulaient conserver leur neutralité. Alors les Athéniens ont fait le siège de Mélos. Et quand les Méliens, affamés, ont fini par ouvrir leurs portes, les Athéniens ne se sont pas contentés de soumettre la ville. Ils l'ont pillée, ont tué tous les hommes en âge de porter les armes et emporté les femmes et les enfants comme esclaves. Puis ils y ont installé des colons. Les rares survivants du massacre ont gagné Sparte, qui leur a ouvert ses portes, jusqu'à ce que Lysandre libère Mélos. Tu comprends, à présent, pourquoi certains l'appellent « le libérateur de la Grèce » ?

– Non !

Je ne pouvais pas croire que ma cité ait si mal agi. La grande Athènes, qui prônait l'égalité des citoyens et le pouvoir au peuple, n'avait pas pu se comporter en tyran avec ses alliées et les cités neutres ! Pourquoi Lysias, qui devait sa richesse et sa renommée à Athènes, salissait-il sa patrie d'adoption ?

– Ne parle pas de ma patrie comme ça ! je me suis mis à crier. Et je ne veux rien entendre de ta bouche sur mon père !

– Ton père n'est pas pour grand-chose dans cette affaire, a répliqué Lysias. C'était un simple rameur. Quant à ta patrie, c'est aussi la mienne. Ce que je veux te dire, c'est que rien n'est tout blanc ni tout noir, Héraclios. Les Spartiates, Lysandre en particulier, ont certes commis des atrocités au cours de la guerre, mais il y a aussi eu des bourreaux dans notre camp. Nous sommes tous allés trop loin. Sans doute parce que le conflit s'éternisait et que l'impatience a appelé la cruauté. Toujours est-il qu'à un moment, la mesure a été transgressée et les exactions ont appelé les exactions.

– Tais-toi ! j'ai hurlé, et j'ai marché droit devant moi pour ne plus l'entendre.

– Tu te demandais pourquoi certaines personnes éprouvaient encore de la haine pour Athènes, a rappelé Lysias dans mon dos. Je ne faisais que tenter de t'apporter des réponses... Je suis désolé si je t'ai heurté, Héraclios.

Je me suis retourné, conscient de l'immaturité de ma réaction. Lysias avait l'air peiné.

– Mais celui qu'ils présentent comme « le libérateur de la Grèce »..., j'ai dit. Il n'a pas mieux traité les autres cités, si ?

– Oh, non ! On raconte que dans chaque ville qu'il a libérée du giron athénien, il a placé des tyrans à sa solde – comme il l'a fait à Athènes avec les Trente. Sur le coup, les populations lui ont été si reconnaissantes qu'elles ont soutenu ces régimes. Quand elles se sont rendu compte qu'elles étaient encore moins libres, des opposants ont commencé à protester et ils ont été liquidés. Ainsi, pas de contestation !

Ces propos ne m'ont pas soulagé pour autant. J'étais bouleversé par ce que je venais de voir et d'apprendre en si peu de temps. Le Bourreau d'Athènes, vivant et acclamé. Les exactions commises par les miens pendant la guerre. Le silence de mon père, pourtant si bon, sur ce qui s'était passé à Mélos. *Pourquoi ne m'avait-il rien dit ?*

Il fallait que je me calme. Thémis ne devait rien deviner de mon trouble, il devait rester concentré sur ses épreuves. Assister à la procession me ferait du bien, et je me suis efforcé de m'apaiser en repensant aux clameurs familières du gymnase d'Athènes où, chaque jour, mon cousin s'entraînait sans relâche.

. 2

Malgré la foule, nous n'avons pas eu de mal à trouver Thémis. Il était tout devant, avec la délégation athénienne. Notre cité avait toujours la place d'honneur dans la procession, m'a expliqué Lysias, grâce aux liens privilégiés qui l'unissaient à Delphes. Si on avait dû en juger par les performances des athlètes, ç'aurait été autre chose: depuis le lutteur Platon, qui avait depuis longtemps abandonné la compétition pour l'étude de la philosophie, aucun Athénien n'avait remporté le moindre titre dans les grandes compétitions de la Grèce.

Thémis était tout heureux de voir des visages familiers. Il est tombé dans nos bras. Le contact de sa peau, autant que son enthousiasme, m'ont réconforté. Mon cousin était radieux: ses muscles, désormais rompus à l'exercice, sculptaient sa silhouette fine, et sa peau bronzée contrastait avec le tissu blanc de sa tunique. Ses boucles épaisses, qui avaient doré au soleil, s'emmêlaient dans la couronne de fleurs qu'il avait coiffée pour la procession. On a toujours dit de moi que j'étais *beau comme un dieu*, mais le temps dévoilait qu'Apollon s'était aussi penché sur le berceau de mon cousin. Et surtout, Thémis avait un avantage sur moi : il avait l'allure des garçons de bonne famille, acquise au contact des autres élèves de Nicostrate, son entraîneur. Au premier coup d'œil, on n'aurait pas distingué le petit gars du Pirée des fils d'aristocrates.

Un seul détail trahissait les origines de Thémis : son agressivité. Gamin, il avait appris à se battre pour se faire respecter dans nos rues peu sûres. Il avait vécu la famine, la perte de ses parents et de ses frères et sœurs, l'exil, les combats pour la libération d'Athènes. Il n'avait pas eu l'enfance choyée, protégée, des gosses de riches. Au stade, pour une simple contrariété, il lui arrivait de s'emporter violemment. Contre un autre, un mur, du mobilier. Nicostrate l'engueulait régulièrement pour ça et, quand c'était nécessaire, il faisait parler le fouet. De tous ses poulains, Thémis était peut-être le plus doué, mais il était aussi et de loin le plus incontrôlable. Et il craignait plus que tout que ses nerfs lâchent pendant l'épreuve.

Un son de flûte s'est élevé et on nous a fait reculer sur les bords de la voie sacrée. La procession s'avançait, emmenée par deux hommes drapés dans des tuniques de prêtre. J'ai reconnu la silhouette replète de Diagoras, qui avait troqué son air affable contre la gravité de circonstance. L'homme à son côté était nettement plus âgé, et sa longue barbe argentée lui donnait l'air vénérable. Derrière eux (Lysias m'indiquait qui était qui au fur et à mesure de leur passage) marchaient les membres du Conseil qui organisait les Jeux, d'autres prêtres, des assistants qui portaient la statue d'Apollon le Brillant, les joueurs de flûte et enfin la file des cent bœufs qu'on menait au sacrifice. Un chef de chœur a entonné le péan, l'hymne à Apollon, et en nous plaçant dans la file à la suite des bêtes nous avons repris le chant. C'est comme ça, délégation par délégation, qu'on a gravi la voie sacrée jusqu'au temple et à la statue d'or du dieu qui dominait la plaine. Thémis et moi, on ouvrait des yeux gros comme des assiettes : on n'avait jamais rien vu d'aussi majestueux. Dans ce décor irréel qui semblait émerger de la brume, portés par la psalmodie qui s'élevait de centaines de gorges, c'est comme si on allait à la rencontre d'Apollon lui-même.

Le public s'est massé en arc de cercle devant le temple. Diagoras et son collègue à la barbe blanche se sont avancés vers l'autel, ils se sont lavé les mains puis, bras tendus, paumes vers le ciel, se sont adressés à Apollon. Thémis et moi sommes restés silencieux parce qu'on ne savait pas trop quoi faire. Mais dans l'assistance, des bras se sont levés, des implorations ont retenti. Certains sont même tombés à genoux. C'était le cas de l'entière délégation spartiate : les athlètes, leurs entraîneurs et leurs proches, tous enroulés dans des manteaux rouges, semblaient dans un état second, genoux contre le sol, paumes et visage vers le ciel.

– C'est peut-être pour ça qu'ils gagnent tout, j'ai soufflé à Thémis. Parce qu'ils prient plus fort que nous.

– Attends voir, a rétorqué mon cousin, et il est tombé à genoux de la même manière, bras tendus comme s'il voulait attraper les nuages.

Nicostrate et Lysias se sont tournés vers lui et ils lui ont fait les gros yeux, son entraîneur lui a même envoyé une torgnole pour qu'il se relève, mais Thémis est resté à genoux, le regard rageusement fixé vers le ciel, jusqu'à ce que les prêtres répandent sur le sol les grains d'orge mondée et fassent avancer les bœufs pour le sacrifice.

Après la cérémonie, Nicostrate a violemment attrapé mon cousin par le bras.

– Qu'est-ce qui t'a pris ? il a rugi.

– Hors de question que les Spartiates aient les

faveurs d'Apollon le Brillant plus que nous, a répliqué Thémis.

J'entendais les autres athlètes athéniens ricaner derrière eux. Thémis ne les aimait pas beaucoup. La plupart d'entre eux venaient de vieilles familles riches, opposées à ce que les plus pauvres aient les mêmes droits que les aristocrates. Et l'attention particulière que Nicostrate portait à Thémis n'arrangeait pas les choses. Ces garçons le méprisaient, mais, plus encore, ils le jalousaient.

– Les Spartiates sont des dévots sans cervelle, a répliqué Nicostrate. Crois-tu qu'Apollon s'intéresse moins à nous parce que nous ne nous donnons pas en spectacle, Thémistocle ? il a dit en prononçant le nom complet de Thémis. C'est ta détermination à atteindre l'*arété*, l'excellence, qui fait que le dieu te jugera digne d'être vainqueur !

J'étais bien embêté, parce que c'était à cause de moi que Thémis avait fait l'imbécile. Mais Nicostrate a passé un bras affectueux dans les boucles épaisses de mon cousin.

– C'est dans deux jours, sur le gymnase, que tu feras honneur à Apollon.

Des tables et des bancs avaient été dressés sur la piste d'athlétisme pour le banquet. La fumée des sacrifices ferait le festin d'Apollon, la viande rôtie le nôtre. Chaque athlète pouvait passer ce moment avec ses proches et, Lysias et moi, nous nous sommes installés de part et d'autre de Thémis.

– Comment s'est passé ce mois d'entraînement ? lui a demandé Lysias d'un ton paternel.

– Bien. Nicostrate est un très bon entraîneur. Il est dur, mais j'apprends beaucoup avec lui.

– Et les autres garçons ?

Thémis a haussé les épaules.

– Entre délégations, on se parle pas trop. J'ai l'impression que personne n'aime beaucoup les Athéniens, à part peut-être les Thébains, et encore. Et puis les autres d'Athènes… on n'a jamais eu d'affinités, tu sais. Après, je m'en fous ! J'ai mon ami Alexios, il fait des lancers et de la lutte. On s'est bien marré tout au long du mois ! Un ami et les Jeux, c'est ça qui compte.

J'aimais bien Alexios. Thémis me l'avait présenté, on ne les trouvait jamais loin l'un de l'autre au gymnase. C'était un garçon trapu à l'épaisse chevelure brune et dont les joues avaient encore les rougeurs de l'enfance. Il était d'un calme à toute épreuve, c'est ce qui faisait sa force dans les compétitions, il savait donc canaliser la colère de Thémis. Lui non plus ne venait pas du même milieu que les autres élèves de Nicostrate. C'était le fils d'un petit commerçant qui s'était enrichi, ceux que les aristocrates appelaient dédaigneusement « les parvenus ».

Le banquet a duré longtemps. Je ne me souviens pas d'avoir jamais eu autant à manger et à boire. Les esclaves apportaient toujours de nouveaux plats, de nouvelles amphores de vin, toutes les contributions des délégations au pot commun. À mesure que les récipients se vidaient, les rires et les éclats de voix devenaient plus forts. Les entraîneurs ont veillé à ce que leurs poulains n'abusent de rien et aillent se coucher de bonne heure, mais le reste des convives ne s'est pas privé de faire la fête une bonne partie de la nuit.

Lorsque nous avons quitté le sanctuaire, Lysias et moi, la nuit baignait le flanc du mont Parnasse et mon esprit était noyé dans les brumes du vin. Dans l'obscurité résonnaient les chants paillards et les cris des ivrognes qui regagnaient les tentes dressées hors du sanctuaire. Je ne garde aucun souvenir de notre trajet jusqu'à la villa de Diagoras, sinon qu'un esclave du grand prêtre nous précédait avec une torche pour nous guider. En entrant dans ma chambre, je me suis laissé tomber comme une masse sur ma paillasse et j'ai plongé tout habillé dans un sommeil lourd et sans rêve.

Quand je me suis éveillé, j'ai senti une main dans mes cheveux. C'était agréable, et j'ai doucement ouvert les paupières sur le visage de Phryné. Alors je me suis souvenu que nous étions à Delphes, dans la villa de Diagoras. J'ignore depuis combien de temps Crapaud avait rejoint ma chambre et me regardait dormir, mais son visage souriant m'a réconforté.

– Eh là, beau gosse, ça va pas fort on dirait !

J'ai tenté de me redresser, mais les excès de la veille se sont rappelés à moi. Des coups de marteau sur une enclume résonnaient dans mon crâne et j'ai refermé les yeux. Peu après, j'ai senti sur mon front la texture apaisante d'un linge humide.

– Tu me raconteras tout quand tu seras en état de le faire. Mais avant, faut que je te dise un truc. Hier, j'ai vu ton ami !

– Mon ami ?

– Celui dont on parlait l'autre jour ! Le Spartiate !

Je me suis redressé brusquement. Dans ma tête, les coups ont résonné de plus belle.

– Hier, a répété Phryné en ramassant le linge qui était tombé à mes genoux et en me forçant à me rallonger. Quand vous êtes entrés dans le sanctuaire, je suis allée faire des affaires. C'est fou ce qu'il y a de monde qui campe autour ! Et ça picole, et ça joue, et ça vend des breloques, et ça refait le monde... Bref, ça m'a pas trop changée du Pirée. À un moment, j'abordais des types et y a ce gars qui m'a regardée. On a mis un peu de temps à se resituer, du genre : « Je le connais, je la connais, mais d'où ? » Alors il m'a dit: «T'es l'amie d'Héraclios, c'est ça?» et là je l'ai remis. C'était ton pote Étéoclès! Je lui ai rappelé que tu attendais de ses nouvelles. Alors il a baissé les yeux et il m'a dit: «Je sais, mais les choses sont compliquées.»

– C'est ça qu'il a dit? «Les choses sont compliquées»?

– Oui, mais laisse-moi finir! «Comment il va?» il m'a demandé. J'ai dit: «T'as qu'à lui demander toi-même. Il est dans le sanctuaire.» Là, il a eu l'air bouleversé. Il paraissait tiraillé entre l'envie de te rejoindre et... quelque chose qui le retenait. «Dis-lui que je pense à lui, il a lâché. Je viendrai le voir bientôt, promis. Mais surtout, ne raconte à personne d'autre qu'à lui que tu m'as vu. Je ne suis pas censé être ici. – Je le jure sur le cimier du casque d'Athéna», j'ai promis. Il m'a glissé une obole dans la main et *pfuit*, il a disparu. Il avait l'air en mission incognito, ou alors en fuite. En tout cas, potentiellement en danger.

Je n'ai pas eu le temps de digérer toutes ces informations que Lysias a fait irruption dans la pièce. Il a tiqué à la vue de Phryné, qui s'est aussitôt levée pour nous laisser. Quand elle m'a tourné le dos, j'ai remarqué sa coiffure sophistiquée et les pendants à ses oreilles. J'étais sûr qu'ils ne faisaient pas partie des effets que Lysias lui avait procurés.

– Par Zeus, Héraclios, te voilà enfin éveillé ! Nous allons pouvoir nous rendre au sanctuaire.

– Mais il n'y a pas d'épreuve aujourd'hui, j'ai objecté. Thémis concourt demain.

– Ce n'est pas parce qu'il n'y a pas d'épreuve sportive que rien ne se passe. Les concours musicaux ! il a soupiré.

Le forgeron s'acharnait si fort dans mon crâne que la seule perspective du son aigu de la flûte me donnait mal à la tête. J'ai grogné.

– Vas-y sans moi. Je ne suis pas en état.

– Héraclios, je suis sûr que tu n'as jamais assisté à un récital. Il y aura là les meilleurs artistes de Grèce ! Accompagne-moi au moins à la prestation d'Aristonoos de Corinthe, c'est un dieu vivant de la cithare.

J'ai souri. Quand Lysias me parlait sur ce ton, j'avais l'impression d'être son fils adolescent.

– D'accord, j'ai grommelé. Mais laisse-moi prendre le temps de me lever. Tu as vu Diagoras ce matin ?

– Non. Moi aussi je me suis levé tard, a souri Lysias. Ces fêtes ne sont plus de mon âge…

Comme la veille, Phryné nous a accompagnés jusqu'au sanctuaire. Avec ce chignon compliqué, ce fard subtil sur ses joues et ses paupières et ces pendants d'oreilles, j'avais peine à la reconnaître. Cela rehaussait sa beauté naturelle et, surtout, elle avait l'air d'une femme de la haute : j'en étais presque intimidé. Lysias aussi l'observait curieusement. J'allais mettre les pieds dans le plat quand quelqu'un nous a hélés.

– Eh, n'est-ce pas là le grand Lysias, fils de Céphale ? Ce... celui dont les mots pourraient pou... pourfendre les boucliers qu'il fabrique ?

Un homme de haute stature, au front bombé et à la barbe bouclée, venait à notre rencontre. De toute évidence un ami de Lysias, puisqu'ils se sont donné une chaleureuse accolade.

– Si mes mots sont tranchants, alors ton œil est perçant, Isocrate ! Tu es venu assister aux concours de chant ?

– C'était mon in... intention. Si telle est la t... tienne, alors allons-y ensemble.

Malgré sa silhouette imposante, il parlait si bas qu'il fallait presque tendre l'oreille pour l'entendre, et les syllabes s'entravaient régulièrement sur le rebord de sa bouche. Lysias avait déjà prononcé devant moi le nom d'Isocrate, qui avait été son élève en rhétorique. Comme lui, il était athénien et écrivait des discours judiciaires. Lysias lui prédisait une carrière encore plus brillante que la sienne, à un détail près. « Sa timidité maladive : tu ne l'entendras jamais réciter l'un de ses discours, il est condamné à en écrire pour les autres. »

Phryné m'a attrapé le bras. Elle a laissé Lysias et Isocrate partir devant et, furtivement, elle a ouvert sa paume. Une pièce d'argent brillait à l'intérieur. J'ai approché ma main pour la prendre et l'observer de près, mais Phryné l'a fait disparaître de ma vue comme une magicienne.

– C'est…

– Une mine d'argent, oui.

Une mine, soit cent drachmes, soit six cents oboles. Je n'avais encore jamais vu de près une pièce d'une telle valeur.

– Où est-ce que tu as…

– J'ai trouvé ici un client plus généreux que tous mes clients athéniens réunis !

Phryné a jeté un coup d'œil pour s'assurer que Lysias et Isocrate étaient plongés dans leur conversation et elle a soufflé :

– Diagoras.

Je m'étais attendu à tout, sauf à ça.

– C'est un malin, Héraclios. Il a compris ma profession dès notre arrivée. Il m'a dit : « Douce Phryné, je connais suffisamment Athènes pour savoir qu'une femme de bonnes mœurs n'accompagnerait pas son mari à l'extérieur. » Je lui ai répondu que c'était emmerdant, les bonnes mœurs. Ça l'a fait rigoler. Il a voulu savoir si tu le tuerais s'il me proposait de passer la nuit avec lui contre de l'argent et je lui ai dit que non, parce que c'était mon métier.

– Qu'est-ce qu'il t'a demandé contre une mine d'argent ?

Phryné a haussé les épaules.

– Rien qui sorte de l'ordinaire. Il est simplement riche et... je crois qu'il a un faible pour moi. D'ailleurs, c'est plutôt agréable de se sentir désirée par l'un des hommes les plus influents de la Grèce.

Cette conversation commençait à me tordre les entrailles.

– Et... tu l'apprécies toi aussi ?

Phryné s'est mise à rire.

– Héraclios, ça reste un client ! Un client qui paie bien.

Elle a lancé en l'air la pièce d'argent avant de la faire disparaître dans les plis de sa robe.

– Dommage que je ne puisse pas faire des affaires ce soir. Il a un invité de marque à la villa... Je n'ai pas réussi à savoir qui, mais c'est quelqu'un de très important visiblement. Bien plus que Lysias. Du genre à être en haut de la liste pour interroger la Pythie le 7 du mois.

J'ai ri à mon tour.

– J'ai tenté le coup : je lui ai proposé de danser à la réception qu'il a prévue pour son invité. Mais il a tout de suite dit non. J'ai l'impression que leur entrevue doit rester top secrète…

Cette remarque m'a fait penser à Étéoclès. Pourquoi ne devait-il pas être vu ici ? Était-il en fuite ? Était-il envoyé par sa cité pour espionner quelqu'un ? Je ne savais pas si Sparte était en guerre contre une autre cité à l'heure actuelle. À vrai dire, depuis le retour de la paix à Athènes, seules les affaires de ma propre cité m'importaient. La guerre ne m'avait que trop concerné, je la laissais à d'autres.

Nous étions arrivés à la porte du sanctuaire. Lysias m'attendait, flanqué d'Isocrate. J'avais l'impression qu'il voulait s'assurer que je ne leur ferais pas faux bond au concours musical, après le manque d'enthousiasme dont j'avais fait preuve à la villa. Dans ma tête, les coups de marteau diminuaient en intensité. Phryné m'a embrassé sur la joue et m'a glissé à l'oreille :

– Si les affaires continuent comme hier, je pourrai racheter à Lysias son armurerie d'ici la fin du séjour !

En pénétrant dans le sanctuaire, le monument de bronze m'a de nouveau sauté aux yeux. Heureusement, cette fois, on ne s'est pas attardés : la journée était déjà bien entamée et Lysias craignait qu'il n'y ait plus de places libres dans les gradins du théâtre. Je me sentais moins déprimé que la veille, mais le sentiment d'insécurité qui m'oppressait depuis notre arrivée à Delphes ne me quittait pas. Je restais sur mes gardes, sans parvenir à apprécier pleinement l'atmosphère ambiante de fête et de piété. Je pensais aussi à Thémis : nous ne le verrions pas aujourd'hui, il effectuait son ultime préparation avec Nicostrate avant d'entrer en piste, et je n'aimais pas trop le savoir loin de moi.

Comme Lysias l'avait supposé, le théâtre était plein comme un œuf et un attroupement de badauds patientait même devant. Lysias a pu faire jouer notre qualité d'hôtes de Diagoras pour parvenir aux gradins, mais ça ne nous a pas procuré de places assises pour autant. Nous sommes restés debout, lui, Isocrate et moi, serrés entre les gradins et d'autres retardataires. On ne voyait pas grand-chose de la scène, mais on pouvait au moins profiter de la musique. Au vrai, je n'y prêtais pas beaucoup attention : je n'arrêtais pas de penser à Étéoclès. Je me remémorais sa voix grave et chaude, son accent aux voyelles ouvertes et traînantes, son odeur, son sourire, le contact de sa peau... L'idée qu'il était ici ravivait le manque, et l'espoir de le revoir avait balayé mon amertume liée à son long silence.

J'ai été tiré de mes pensées par des vivats et des applaudissements : la prestation en cours était terminée. Lysias m'a alors tiré par le bras ; de la place se libérait dans les gradins. Toujours absorbé par mes pensées, j'ai mis un temps avant de comprendre, une fois assis, qu'Isocrate et Lysias parlaient de moi.

– Nous nous sommes connus sur la route de l'exil, expliquait Lysias, quand nous fuyions tous les deux la répression des Trente. Moi comme étranger, lui comme opposant au régime. Il était si jeune à l'époque !

– Sa beau… beauté n'a d'égale que sa rê… rêverie, a plaisanté Isocrate.

Il m'observait avec cette avidité à laquelle j'étais habitué de la part des hommes. Quand il a compris que je m'en étais rendu compte, il a rougi comme un enfant.

– Je de… demandais à Lysias comment il t'a… t'avait rencontré, il a bredouillé en détournant le regard. Je… je lui disais que j'avais rarement croisé dans A… Athènes un jeune homme de ta… ta beauté.

– Son âme est aussi belle que son apparence, a déclaré Lysias en passant un bras affectueux derrière mes épaules. Héraclios est un garçon droit et juste, et un combattant aussi humble que valeureux. Je mets au défi quiconque d'avoir réalisé autant d'actions d'éclat au combat que lui pendant l'insurrection contre la tyrannie. Thrasybule dit qu'il lui a été envoyé par Athéna.

Cette fois, ça a été à mon tour de rougir.

– Par Zeus, comment se fait-il que je ne l'aie

jamais croisé à… à tes cours de rhétorique ? a demandé Isocrate.

– Je te laisse répondre, Héraclios, a dit Lysias d'un ton sévère.

– Je ne suis pas son élève, j'ai marmonné.

Lysias a soupiré.

– Héraclios est réticent à l'apprentissage des choses de l'esprit. Il estime sans doute que ce n'est pas pour lui parce qu'il vient d'un milieu modeste… et il préfère passer son temps libre dans les tavernes du Pirée, avec les dockers et les prostituées !

– Quel dommage, a renchéri Isocrate. Tu te rends compte de la be… belle opportunité que tu as, avec dans ton en… entourage deux hommes de l'envergure de… de Lysias et de Thrasybule ? Ne gâ… gâche pas ton av… avenir, mon garçon !

– Arrêtez, j'ai tranché.

Je ne supportais pas leur condescendance. J'étais habitué au mépris des aristocrates, qui militaient pour ôter le droit de vote aux citoyens pauvres qu'ils jugeaient bêtes et ignorants. Mais Isocrate et Lysias étaient les fils de commerçants qui s'étaient enrichis ; leurs origines étaient peut-être aussi modestes que les miennes et ils étaient dans le camp des démocrates, eux. Malgré tout, ils me jugeaient parce que les choses de l'esprit, la politique mise à part, ne faisaient pas partie de mes préoccupations. Et ils méprisaient

Phryné pour ce qu'elle était. Lysias a eu conscience de m'avoir heurté, parce qu'il a resserré son étreinte.

– Si je me désole, c'est parce que je t'aime, Héraclios. Comme un père, son fils.

– Mais tu n'es pas mon père, j'ai dit avec humeur. Et je ne suis pas ton fils.

Il m'a relâché, visiblement peiné. J'ai eu conscience d'être allé un peu trop loin. C'était grâce à lui si je me trouvais aujourd'hui à l'abri du besoin, de même que Thémis dont j'étais le tuteur. Mais j'étais en colère, et puis sa remarque avait ravivé le souvenir de mon propre père, Païsios.

Un homme droit, toujours optimiste, au rire tonitruant. Un héros dans les pattes duquel je traînais, sur le port et dans le quartier, depuis que je savais marcher. Mon père m'avait instruit, à sa façon, aux affaires et à l'amour de la cité. Il me répétait sans cesse: «Nous, les sans-terre, on a durement acquis le droit de vote et de magistrature, alors honore toujours tes devoirs de citoyen.» Il ne manquait pas un débat à l'Assemblée des citoyens et, le soir, il nous en faisait le compte rendu détaillé. Ma mère, ma sœur Myrto et moi, on l'écoutait assis en rond sur la terre battue. Quand j'avais voté pour la première fois à l'Assemblée à ses côtés, il était si fier! Chaque fois que j'y repense, j'en suis malade: c'était pour approuver l'expédition d'Aïgos Potamos.

Et puis m'est revenu à l'esprit le siège de Mélos et ce que m'en avait raconté Lysias. Je lui en voulais terriblement de m'en avoir parlé. Jusqu'où était allé mon père? Avait-il pris part au massacre? Non, je me suis dit. C'était un simple rameur. Mais il était forcément au courant. Il devait savoir que Mélos n'était pas une alliée de Sparte mais une cité neutre. Et il s'était bien gardé de nous relater, à son retour, des faits dont il avait honte. Il ne voulait pas écorner l'image que ma mère, ma sœur et moi avions de lui.

Les vivats de l'assistance m'ont tiré de mes pensées: le joueur qui venait de se produire quittait la scène. Dans l'attente du suivant, un brouhaha s'est élevé des gradins.

– Je crois que c'est au tour d'Aristonoos de Corinthe, a fait remarquer Lysias. On dit qu'il en est à six victoires consécutives et qu'il remet sa couronne en jeu pour la septième fois! Vous vous rendez compte?

– Ce qui veut dire que s'il a co... commencé à vingt ans, il en a aujourd'hui près de... de cinquante, a renchéri Isocrate, puisque les Jeux se tiennent t... tous les quatre ans. Les années finiront bien p... par avoir raison de sa voix et de l'a... l'agilité de ses doigts!

Le Corinthien a pénétré sur scène sous un

tonnerre d'acclamations proches de l'hystérie. S'il avait près de cinquante ans, il ne les faisait pas : il était de belle prestance, sa chevelure était encore épaisse et brune, seule sa barbe courte était parsemée de fils blancs. Un large sourire sur le visage, il semblait se repaître des hourras. Puis, brusquement, il a posé sa cithare, il est tombé à genoux et a levé les bras. Un peu comme les athlètes spartiates pendant le sacrifice à Apollon.

– Ô, Maître de la Grèce ! il s'est écrié, l'air bouleversé. Plus grand chef de guerre que le monde grec ait jamais connu ! Rien n'aurait pu me combler davantage que ta présence à ma modeste prestation !

Des cris et des applaudissements ont succédé à ses paroles. Sur scène, Aristonoos était comme possédé.

– Je tâcherai de faire en sorte que ma voix et mes mains ne tremblent pas d'émotion car si je remporte ma septième couronne, je te le jure, je m'offrirai à toi comme esclave !

Les hourras ont redoublé. Je me suis alors aperçu que tous les regards convergeaient vers le même point : un homme, debout au centre des gradins, mais trop éloigné de moi pour que je distingue ses traits.

– Alors rappelle-toi que tu joues à la gloire

d'Apollon et non à la mienne, Aristonoos, il a lancé au joueur.

Tout mon corps s'est glacé, et l'instant d'après je bousculais les spectateurs pour me ruer hors du théâtre. J'aurais reconnu cette voix tranchante entre mille.

C'était le Bourreau d'Athènes.

3.

Je n'ai repris mon souffle qu'une fois les portes du sanctuaire derrière moi. Le bruissement familier de la foule m'a enveloppé et je me suis imprégné de cette atmosphère insouciante et joyeuse. J'ignorais si ce que je venais de voir était réel ou si la folie m'atteignait au point d'être pris de visions éveillé.

Un coup sur l'épaule m'a fait bondir. Lysias et Isocrate se tenaient derrière moi, tout essoufflés d'avoir tenté de me suivre.

– Je suis désolé, j'ai dit. Je ne voulais pas vous gâcher le concert…

Lysias a souri et m'a ouvert ses bras.

– Ce n'est pas à toi d'être désolé, mon garçon. Si j'avais su qu'il serait là, je n'aurais pas insisté pour que nous y allions.

Mon corps s'est raidi. *Je n'avais donc pas rêvé.*

– Héraclios est un rescapé de la bataille d'Aïgos

Potamos, a expliqué Lysias à son ami. Il y a perdu son père et son oncle, le père de son cousin Thémis que nous sommes venus voir concourir. Alors tu te doutes bien que d'apercevoir Lysandre...

– Je ne veux pas entendre ce nom ! j'ai crié.

Lysias m'a arraché à son étreinte et il m'a regardé dans les yeux. Sous son épaisse barbe, sa mâchoire tremblait. Il était furieux.

– Et pourquoi ? Prononcer son nom montre qu'il n'est qu'un homme ! Assez de ces surnoms idiots qui le font passer pour un demi-dieu et ne font qu'augmenter la crainte qu'il nous inspire tous, Maître de la Grèce, Bourreau d'Athènes et que sais-je encore ! Il se nomme Lysandre comme je me nomme Lysias, et tu vas me faire le plaisir de prononcer ce nom à ton tour ! Vas-y, je t'écoute !

– Lysandre, j'ai hoqueté.

Lysias avait raison : d'un coup, je me suis senti mieux. Comme libéré d'un poids.

– Je ne comprends pas, j'ai repris un peu plus calmement. Sparte lui avait retiré le commandement de l'armée ! Je croyais qu'il n'était plus rien !

Isocrate a ouvert de grands yeux, visiblement stupéfait par ce qu'il venait d'entendre.

– Tu ne sors donc ja... jamais de ta cité, mon garçon ? Bien sûr qu'il... qu'il a gardé le commandement ! Grâce à lui, Sparte contrôle l'en... semble du monde grec sans avoir à… à fournir le moindre effort. Ce n'est pas pou… pour rien que tout le monde le nomme Maître de la Grèce ! On dit même que son… son trésor de guerre est si important qu'il pourrait le… le… lever une armée pour attaquer l'Empire perse !

– Mais Sparte l'a bien désavoué en libérant Athènes des tyrans qu'il nous avait imposés !

– C'était il y a sept ans, Héraclios. Sparte est depuis longtemps re… revenue sur ce qu'elle considère aujourd'hui comme une e… erreur ! Une erreur minime p… puisque, sans sa flotte ni ses murailles, Athènes ne constitue plus un… un grand danger pour quiconque.

– Comment sais-tu tout ça ? j'ai demandé à Isocrate.

– En v… voyageant, jeune homme.

Je tremblais tellement que Lysias a dit doucement :

– Si tu veux, nous pouvons rentrer à Athènes dès aujourd'hui.

– Pas question de laisser Thémis seul ici, j'ai tranché.

L'idée de savoir mon cousin à proximité du Bourreau d'Athènes m'était insupportable. Et si, demain, Lysandre assistait aux épreuves sportives comme il avait assisté au concours musical ? C'était ce qui risquait de se passer. Quelle serait la réaction de Thémis, quand il saurait que le responsable de la mort de ses parents et de ses frères et sœurs était dans le public, encensé comme un dieu?

Nous avons marché en silence jusqu'à ce que la campagne redevienne vierge de foule. Lysias a glissé son bras derrière mon épaule. Je crois qu'il avait complètement pardonné mon accès d'humeur. Au bout d'un moment, j'ai senti qu'Isocrate brûlait de s'exprimer, mais que sa timidité maladive l'en empêchait. Je me suis tourné vers lui pour l'encourager.

– Excuse-moi de te demander ça, mais… à… à Aïgos Potamos… comment as-tu réussi à t'échapper?

– Je n'étais pas sur la plage quand les troupes de Lysandre ont attaqué. Je m'étais éloigné avec deux autres rameurs pour chercher quelque chose à manger. Quand j'ai compris que la plage était encerclée, je me suis caché… puis je me suis enfui par les terres.

– D'autres que toi en ont réchappé, n'est… n'est-ce pas?

– La *Paralos*, notre navire de liaison, était le seul vaisseau en mer. Elle a réussi à rentrer à Athènes pour prévenir la cité. Et les deux marins qui étaient avec moi… je ne sais pas. Dans notre fuite, on s'est perdus de vue.

Il m'arrivait souvent de penser à eux. Ce grand type qu'on surnommait Éole, le nom du dieu des Vents, parce qu'il n'arrêtait pas de renifler, et Mastard, le malingre boute-en-train avec qui j'avais passé la traversée à raconter des blagues. J'avais l'espoir qu'ils aient pu rentrer à Athènes comme moi. Mais je ne les avais jamais recroisés au Pirée, d'où ils étaient eux aussi originaires. Peut-être qu'ils étaient morts plus tard, pendant le siège d'Athènes, ou sous la tyrannie des Trente. Ces dernières années, il y avait eu tant de raisons de mourir prématurément quand on était athénien…

– Personne d'autre ? a insisté Isocrate. On dit que Conon aussi était en… en mer avec plusieurs navires, qu'il les a sau… sauvés et qu'il les cache quelque part. Mais on dit aussi que rien ni… ni personne n'échappe à Lysandre. De… depuis toutes ces années, il les aurait forcément trouvés, n… non ?

Conon faisait partie de nos amiraux. C'était de loin celui qui avait la meilleure réputation parmi les marins, parce qu'il avait obtenu plusieurs succès navals avant Aïgos Potamos. J'avais entendu, moi aussi, la rumeur selon laquelle il se serait échappé avec plusieurs bateaux et suffisamment de rameurs pour les manœuvrer : c'est ce que prétendaient les gars de la *Paralos*. Son corps n'avait pas été identifié parmi ceux des victimes que les Spartiates nous avaient rendus après leur victoire. Mais depuis huit ans, il n'avait donné aucun signe de vie à Athènes.

– Je ne sais pas, j'ai admis.

Lysias et moi sommes rentrés tôt à la villa de Diagoras, mais nous n'avons croisé ni notre hôte ni Phryné. Les esclaves étaient tout à la préparation de la mystérieuse réception du soir, celle dont Phryné m'avait parlé. Nous avons gagné nos appartements et je me suis rapidement couché. J'ai mis du temps à trouver le sommeil.

Je me suis retrouvé assis sur des gradins. Près de moi se trouvait un homme qui ressemblait à mon père. Non : c'était l'amiral Conon. Nous assistions à une pièce de théâtre, je crois, ou alors à un sacrifice – il y avait devant nous des bœufs et un joueur de cithare. Le théâtre donnait sur la mer. Il n'y avait même pas de scène, seulement la plage et l'eau à perte de vue. J'ai tourné la tête vers Conon, mais il n'était plus là. Il n'y avait même plus de gradins... Le son aigrelet de la flûte s'est élevé. Devant moi, une silhouette se dressait au-dessus d'un bœuf avec un couteau de sacrifice. En m'approchant, je me suis rendu compte de ma méprise : la forme inerte à ses pieds n'était pas un animal, mais un garçon ligoté. J'ai eu un hurlement de terreur en reconnaissant mon cousin Thémis. Le sacrificateur s'est alors tourné vers moi. C'était le Bourreau d'Athènes.

J'ai ouvert les yeux sur l'obscurité de ma chambre.

Il m'a fallu du temps pour me défaire de l'illusion du rêve. Dans l'obscurité, il me semblait entendre résonner des éclats de voix et des bruits sourds. J'ai tâtonné à la recherche de mon couteau. Lorsque j'ai enfin senti la froideur du manche, tout est redevenu silencieux. Je n'entendais que les battements de mon cœur cogner contre ma poitrine. Je ne sais pas si je me suis réellement rendormi, tremblant, enroulé dans le drap, la main crispée sur le manche du couteau.

Lysias et moi avons quitté la villa aux premières lueurs du jour : au sanctuaire, les juges enregistraient les athlètes avant les épreuves et je devais certifier que Thémis était bien de condition libre et de citoyenneté athénienne. Du coup, je n'ai pas eu l'occasion de voir Phryné, ce qui n'a pas aidé à apaiser mon angoisse. Lorsque Lysias m'a demandé comment j'avais dormi, je lui ai parlé des bruits dans la villa. Il ne les avait pas entendus.

L'inscription des athlètes se faisait devant le temple d'Apollon. C'est là que nous avons retrouvé Thémis avec Nicostrate et les autres athlètes athéniens. Thémis, tout sourire, était prêt à tendre vers l'*arété*, l'excellence dont lui avait parlé Nicostrate deux jours plus tôt.

– Voilà le grand jour ! lui a lancé Lysias en ébouriffant ses cheveux. Comment te sens-tu, champion ?

– Prêt à dérouiller du Spartiate, il a dit en rigolant.

Il ne faut surtout pas qu'il apprenne que le Bourreau d'Athènes est ici et qu'il va sans doute assister aux épreuves, j'ai pensé. Nous nous sommes avancés vers les juges.

– Nom, âge, citoyenneté, a égrené l'un d'eux.

– Thémistocle fils d'Arsène, a répondu Thémis. Dix-neuf ans. Athénien.

Le juge s'est tourné vers moi.

– Témoin de moralité ?

– Héraclios fils de Païsios, citoyen athénien. Je suis son cousin et tuteur.

– Tu dois certifier devant Apollon que Thémistocle fils d'Arsène est un homme libre, grec, et qu'il n'a commis aucun crime.

– Je certifie devant Apollon que Thémistocle fils d'Arsène est un homme libre, grec, et qu'il n'a commis aucun crime, j'ai répété.

Le juge a inscrit sur un parchemin le nom de Thémis et s'est de nouveau adressé à lui.

– À quelle épreuve t'inscris-tu ?

– La course de fond.

Lorsque nous avons gagné le gymnase, le soleil

étirait ses rayons comme un homme son corps après une bonne nuit de sommeil. Les gradins étaient encore vides et seuls quelques athlètes, au bord de la piste, commençaient à échauffer leurs muscles pour l'épreuve.

– J'ai hésité à m'inscrire aussi au demi-fond, mais la course de fond a lieu en premier et j'ai eu peur de ne pas avoir assez de jus après, a expliqué Thémis.

– Tu as bien fait. Et tant mieux que ta course ait lieu en premier. Tu n'auras pas le temps de sentir l'angoisse monter.

Je me disais aussi que Lysandre ne viendrait sans doute pas assister à la toute première épreuve de la journée, et cette perspective m'a un peu détendu. Thémis m'a demandé de lui nouer un ruban dans les cheveux, pour empêcher que des mèches ne lui retombent dans les yeux, et de l'aider à enduire son corps d'huile, ce que j'ai fait avec application.

– Pendant l'épreuve, le public risque de crier, j'ai remarqué. Reste dans ta course et ne fais pas attention à ce qui se passe autour.

– T'inquiète, Nicostrate n'arrête pas de me le répéter. Il paraît même que certains athlètes essaient de te souffler des trucs pendant que tu cours pour te déstabiliser. Il m'a dit de ne pas répondre aux provocations.

Son entraîneur, justement, s'avançait vers nous.

– Tu vas être le seul Athénien à t'aligner à la course de fond, il a dit à Thémis. À toi de défendre l'honneur de notre cité pour cette épreuve !

Il a donné une tape affectueuse sur la joue de son poulain, pendant que je massais énergiquement les omoplates de Thémis.

– Est-ce qu'Héraclios pourra rester au bord de la piste ? a demandé mon cousin à Nicostrate.

– Tu sais bien que seuls les entraîneurs et les autres athlètes ont le droit de rester au bord de la piste pendant les épreuves.

– Mais ils ne vérifient pas, non ?

Nicostrate a soupiré.

– Non, il a admis.

Thémis s'est tourné vers moi et m'a fait un clin d'œil.

– Je suis vraiment heureux que tu sois là, Héraclios. Tu vas assister à la revanche de l'orphelin pouilleux du Pirée sur ces enfoirés d'aristos de Sparte et d'ailleurs.

Les spectateurs affluaient à mesure que le soleil s'élevait. Des assistants avaient délimité les lignes de chaque athlète par des piquets plantés de part et d'autre de la piste. Les piquets étaient distants d'un stade et les athlètes devraient parcourir cette distance vingt-quatre fois, en prenant un virage serré autour de chaque piquet.

Thémis était en train de s'échauffer quand un groupe d'officiels a pénétré dans le gymnase, au son de la flûte et flanqué d'une solide garde de soldats. J'ai reconnu parmi eux Diagoras et son collègue à la longue barbe. Et, au milieu d'eux, le Bourreau d'Athènes. À sa vue, j'ai eu un violent sursaut. Je repensais à mon cauchemar de la nuit précédente. J'ai tourné la tête vers Thémis, qui, heureusement, ne prêtait pas attention à la scène : comme les autres athlètes, il trottinait sur la piste en échauffant ses muscles. Le groupe s'est frayé un chemin parmi la foule jusqu'aux places d'honneur dans les gradins. Seuls Diagoras et son collègue, qui allaient présider à la procession des athlètes, sont restés au bord de la piste. Alors la trompe a retenti, annonçant le début de l'épreuve.

Les athlètes se sont regroupés et ont marché avec gravité jusqu'au centre de la piste derrière les deux grands prêtres. Alignés face à la tribune, ils ont levé les mains au ciel et ont offert leur performance à Apollon le Brillant. Je fixais Thémis, mais il ne semblait toujours pas avoir remarqué l'homme assis à la place d'honneur. Puis les participants à l'épreuve de fond ont rejoint la ligne qui leur avait été assignée, tandis qu'un héraut énonçait le nom de chacun d'eux et celui de sa cité. Ils étaient vingt au départ, et parmi eux trois Spartiates. L'un d'eux était dans le couloir juste à côté de Thémis. Au nom de mon cousin, j'ai remarqué que la plupart des athlètes athéniens n'avaient aucune réaction: seuls Nicostrate et son ami Alexios ont crié et applaudi avec moi. Pire, lorsque le héraut a énoncé «Athènes», des huées se sont élevées de tout le stade. Une nouvelle fois, j'ai scruté la réaction de mon cousin. Sa mâchoire était serrée comme s'il était prêt à en découdre. À côté de lui, le Spartiate l'observait d'un air narquois. Je crois qu'il lui a glissé quelque chose, parce que Thémis a alors tourné la tête vers la tribune et j'ai vu son visage se décomposer.

– Ne t'énerve pas, a murmuré Nicostrate comme s'il espérait que son poulain l'entende. Surtout ne t'énerve pas.

Le héraut a crié aux athlètes de se tenir prêts et, au signal des juges, la trompe du départ a retenti. Certains sont partis à toute vitesse, mais Thémis n'est pas tombé dans le piège, comme son entraîneur le lui avait enseigné.

– C'est ça, a approuvé Nicostrate.

– Qui sont ses principaux concurrents? j'ai demandé à l'entraîneur (je devais hurler tant les spectateurs s'époumonaient).

– Il y a un Rhodien très fort, il a fait deuxième aux Jeux olympiques il y a trois ans. Les Spartiates sont bons eux aussi, un des trois est champion au demi-fond. Mais Thémis peut clairement terminer deuxième, et même faire douter le Rhodien. Il a été excellent sur la période de sélections et tous le considèrent comme un concurrent sérieux.

Nicostrate me montrait les athlètes en même temps qu'il les citait. Aucun de ceux-là n'avait pris la tête de la course; comme Thémis, ils géraient leur effort, et monteraient en puissance au fil de l'épreuve.

Au sixième passage, le fouet d'un juge s'est abattu sur un coureur qui avait mordu sur la ligne d'un adversaire pour lui faire obstruction. Le tricheur a quitté la piste, le dos zébré de rouge, sous les cris indignés de la foule.

Au tiers de la course, Thémis et ses concurrents directs ont augmenté le rythme de leur foulée. Ils sont revenus sur ceux qui les précédaient. Au douzième tour ils les avaient dépassés, et à partir de là ils creusaient l'écart. Le Spartiate qui était dans le couloir voisin de celui de Thémis a pris la tête, tandis que mon cousin, le Rhodien et un autre Spartiate le suivaient à distance.

Thémis et le Rhodien ont progressivement accéléré leur foulée, talonnant le Spartiate. Au vingtième tour, le Rhodien a lancé son attaque, mais Thémis lui collait toujours au train. Les deux Spartiates continuaient de suivre mais commençaient à peiner.

Leurs supporters ont alors donné plus de voix, et j'ai distinctement entendu « bouffez l'Athénien ! » et même « tuez-le ! ». La délégation des athlètes spartiates était près de nous. Drapés dans leurs capes rouges, c'étaient eux qui vociféraient le plus fort.

Je jure avoir vu alors l'un des athlètes athéniens, un des fils d'aristos que Thémis ne pouvait pas sentir, s'approcher d'eux et leur souffler quelque chose. Nicostrate n'avait rien vu, concentré sur la course de mon cousin. Les athlètes spartiates ont rigolé, puis ils se sont mis à brailler : « Aïgos Potamos ! Aïgos Potamos ! » Thémis et le Rhodien venaient de se détacher des athlètes spartiates et faisaient ensemble la course en tête. Alors, comme une vague qui roule, le cri s'est propagé à l'ensemble du public : « Aïgos Potamos ! Aïgos Potamos ! » En tremblant, j'ai tourné la tête vers les gradins et vu Lysandre au milieu de la liesse, observer la piste d'un air de triomphe impassible. *Si Thémis gagne, ils vont le tuer*, j'ai pensé. Je me suis apprêté à sauter sur la piste.

Je ne sais pas, au même moment, ce qui s'est passé dans la tête de mon cousin, mais il s'est mis à accélérer encore. Il a dépassé le Rhodien, qui n'a pas cherché à le suivre : il savait que c'était trop tôt, il restait encore trois longueurs. Près de moi, Nicostrate trépignait.

– Nom de Zeus, ne te laisse pas distraire ! Ralentis !

Thémis allait vraiment trop vite ; il a mal négocié son virage au piquet et a manqué de mordre la poussière. Un éclat de rire a secoué le public, qui s'est mis à gueuler de plus belle : « Aïgos Potamos ! Aïgos Potamos ! » Le temps que Thémis se réceptionne, le Rhodien revenait sur lui et aussi le Spartiate, qui n'était qu'à une coudée de lui à présent. Mon cousin ne tenait plus. Il restait deux longueurs et il s'était visiblement fait mal à la cheville en manquant son virage. Le Rhodien l'a dépassé sous les acclamations de la foule, puis le Spartiate est arrivé à sa hauteur.

Tout est alors allé très vite. Le Spartiate lui a sans doute dit quelque chose, parce que Thémis lui a donné un violent coup d'épaule et l'autre a roulé dans la poussière. La foule a hurlé d'indignation, le juge a levé son fouet et a frappé Thémis. Des « à mort ! » se sont élevés. Le Spartiate s'est relevé et je crois que Thémis et lui en seraient venus aux mains si le juge n'avait pas une nouvelle fois levé son fouet. C'est alors que j'ai décidé de bondir sur la piste pour entraîner mon cousin avec moi. J'ai pris Thémis par le bras et l'ai forcé à me suivre hors du stade, jouant des épaules pour qu'on nous laisse passer tandis que, derrière nous, la course s'achevait dans la confusion.

Nous avons couru longtemps, crachant dans l'effort notre hargne, notre désespoir, notre terreur, notre humiliation. Je voulais aussi et surtout nous mettre hors de danger, car j'étais persuadé que Lysandre n'allait pas laisser l'acte de mon cousin impuni. On a ralenti quand nos poumons ont demandé grâce et on s'est effondrés en pleurant dans les bras l'un de l'autre.

– Héraclios !

L'appel de mon nom m'a fait sursauter. Je me suis arraché à l'étreinte de Thémis et me suis retourné, prêt à le défendre ou à fuir de nouveau. Quelqu'un nous rejoignait en trottinant. Je me suis détendu en reconnaissant la silhouette de Phryné. Elle devait nous attendre à la sortie du sanctuaire et avait dû nous voir filer comme des dératés.

– Qu'est-ce que vous avez, tous les deux ? Par Zeus et tous ses gosses illégitimes, Thémis, tu es couvert de sang !

Mais elle ne nous a pas laissés nous exprimer. Elle semblait aussi bouleversée que nous ; la terreur envahissait ses yeux dorés.

– Héraclios, j'ai merdé. Il faut qu'on se tire, vite !

C'est ainsi que Phryné, Thémis et moi avons pris la route d'Athènes comme des voleurs. J'étais un peu inquiet pour Lysias qu'on laissait derrière, mais Phryné m'a tranquillisé : avec ses relations, il pourrait rentrer sans être inquiété. Et puis il n'était pas directement mêlé au merdier dans lequel nous nous étions fourrés tous les trois sans nous concerter. Le récit de Phryné m'a, je crois, encore plus glacé que ce qu'on venait de vivre, Thémis et moi. Sa voix en tremblait encore.

– La nuit dernière, je sais pas ce qui m'a pris, elle a commencé. Diagoras m'en avait dit trop ou pas assez sur son mystérieux invité. Alors j'ai voulu faire la curieuse... Je me suis planquée dans sa salle de réception. Juste pour voir ! Je me disais que si on me débusquait, je leur sortirais mon numéro de charme... Sauf que quand je les ai vus entrer, j'ai compris que je venais de faire la pire boulette de ma vie. Héraclios, l'invité de Diagoras, c'était... c'était le Bourreau d'Athènes ! J'avais pas oublié son visage de quand il était venu raser nos murailles.

– Tu veux dire qu'il était chez Diagoras... la nuit dernière ?

Phryné a hoché la tête. Même rétrospectivement, l'idée d'avoir passé la nuit sous le même toit que Lysandre m'a glacé le sang.

– Je me suis dit, ma vieille, t'as intérêt à te tirer dare-dare, parce que s'il te voit il te fera pas de cadeau... Héraclios, j'ai pensé à toi sur cette plage, comme tu m'avais si souvent raconté... Ils se sont mis à discuter, j'ai pas tout compris, mais je crois qu'il était question de rendre un faux oracle. Un truc grave en tout cas.

– Quoi ?! Tu veux dire que Lysandre était en train d'acheter Diagoras pour qu'il falsifie une réponse de la Pythie ?

– Je t'avoue que ma seule préoccupation était de fuir, mais c'est un truc comme ça, oui. Bref, quand ils ont eu l'air absorbés dans leur discussion, je me suis décidée à me lever pour battre en retraite. J'ai cru être silencieuse... Mais j'ai pas eu le temps de faire un pas qu'une poigne de fer m'a attrapée et m'a plaquée contre le mur.

Phryné a mimé le geste d'une main qui enserre le cou et j'ai alors remarqué les marques nettes, violacées, qu'elle portait à cet endroit-là.

– C'était le Bourreau, Héraclios ! Il avait dû me repérer et il s'était approché de moi à mon insu. Bordel de Zeus, quand j'ai vu son visage face au mien, j'ai cru ma dernière heure arrivée ! J'ai jamais flippé comme ça de toute ma vie... Il m'a dévisagée, puis il a fixé Diagoras avec ce regard terrible. Il lui a lancé : « Explications ! » Diagoras avait l'air aussi paniqué que moi, il tremblait comme une feuille. Il lui a répondu : « C'est une courtisane à qui j'avais demandé de danser pour nous. Elle devait nous faire une surprise... » Le Bourreau l'a regardé comme s'il était demeuré, du genre : *T'es sérieux ? T'invites une danseuse à une réunion top secrète ?* Et il lui a dit : « J'espère que t'es pas en train de me la faire à l'envers», enfin il l'a pas dit comme ça, mais tu comprends l'idée... Diagoras a répondu qu'il ne se le serait jamais permis, puis il a supplié le Bourreau de me lâcher. Il lui a dit que de toute façon il comptait suivre ses ordres, égorger tous les esclaves qui avaient servi à leur réception, par sécurité.

J'ai fixé Phryné avec horreur. J'avais envie de m'arrêter et de la serrer fort dans mes bras, mais nous devions d'abord mettre le maximum de distance entre le sanctuaire et nous.

– La déesse Artémis, qui protège les femmes de la violence des hommes, doit veiller sur moi, Héraclios, et je jure qu'une fois à Athènes j'irai lui faire une belle offrande. Parce qu'à ce moment-là, un soldat du Bourreau est entré avec une commission pour lui. L'affreux a ordonné à Diagoras de me placer sous bonne garde et il a ajouté qu'il veillerait personnellement à mon exécution. Diagoras a alors fait signe à un de ses esclaves et il lui a demandé de m'aider à fuir. Il était clairement bouleversé. Je lui ai dit que j'étais désolée, que je ne voulais pas lui attirer d'ennuis...

– Tu ne lui as pas dit ça, quand même?! Ce porc complote avec Lysandre pour rendre de faux oracles!

– Je ne sais pas jusqu'à quel point on est en mesure de refuser quelque chose à Lysandre, a répondu Phryné. Diagoras m'a dit de ne pas m'en faire pour lui, que le Bourreau avait besoin de lui, et il m'a demandé de lui donner un grand coup dans les bourses pour simuler ma fuite. C'est ce que j'ai fait, puis son esclave m'a guidée jusqu'à une porte qui ouvrait sur l'arrière. De là, j'ai pensé que le mieux était encore que je me fonde dans la nuit, puis au matin dans la foule, et que je vous tope à votre arrivée au sanctuaire. Mais je devais pioncer quand vous êtes entrés, et je vous ai seulement vus sortir en courant…

J'ai repensé au cauchemar que j'avais fait la nuit dernière et aux éclats de voix qui m'avaient éveillé, réalisant avec horreur ce qui s'était passé. C'est alors que Thémis, qui était resté silencieux depuis notre fuite du sanctuaire, a ouvert la bouche.

– Donc le Bourreau nous cherche tous les deux, il a dit à Phryné. On est condamnés à la fuite perpétuelle…

Sa phrase est restée en suspens. J'ai repensé aux paroles d'Isocrate: « On dit que rien ni personne n'échappe à Lysandre. » Puis, j'ai pensé à l'amiral Conon, peut-être caché on ne sait où en attendant son heure.

– À moins de l'anéantir, j'ai complété.

4.

Après notre retour à Athènes, Thémis n'a pas remis les pieds dans un gymnase. Et personne, à part son ami Alexios, n'est allé le chercher pour tenter de lui faire changer d'avis. Nicostrate, pour qui seule comptait la performance, était furieux contre lui : peu importait ce qui s'était passé pendant l'épreuve, Thémis aurait dû savoir se contrôler. Son attitude avait couvert la délégation athénienne de honte. D'un autre côté, mon cousin avait beaucoup de mal à accepter que sa carrière d'athlète fût terminée. Un geste de violence contre un autre athlète signifiait son bannissement à vie des Jeux de Delphes, et cette disgrâce lui fermait les portes des autres grandes compétitions de la Grèce.

J'étais aussi écœuré que lui. Dans ces circonstances, quoi qu'en dise Nicostrate, il aurait été impossible à mon cousin d'atteindre l'*arété*. Me revenait aussi l'image de l'athlète athénien chuchotant quelque chose aux Spartiates, juste avant qu'ils ne se mettent à crier « Aïgos Potamos ». J'étais certain qu'il était allé leur raconter que le père de Thémis avait péri dans la bataille. Je n'en ai pas parlé à mon cousin : il aurait été capable de l'attendre à la sortie du gymnase pour le tabasser et le laisser pour mort. Et Thémis avait déjà assez d'ennuis comme ça.

Lysias est rentré un jour après nous. Il n'était pas en colère contre Thémis, bien au contraire : il l'a longuement laissé déverser sa rancœur contre son épaule. Puis il lui a assuré qu'il le protégerait comme son propre fils s'il venait à avoir des ennuis. La situation était en effet pire que celle qu'on avait imaginée : le Spartiate qu'il avait frappé était un protégé de Lysandre.

– Vous avez bien fait de filer sans attendre, il m'a confié. Lysandre a fait pression sur Nicostrate pour qu'il lui amène Thémis et, quand il a su qu'il avait fui, il a envoyé des soldats le chercher partout.

– Tu penses qu'il viendrait le chercher jusqu'à Athènes ? j'ai demandé, horrifié.

– Sans doute pas, mais Thémis ne devra pas s'aviser de croiser sa route de nouveau. On ne contrarie pas ce genre de personnage…

J'ai pensé à Phryné. Elle, le Bourreau avait des

raisons de venir la chercher à Athènes. Heureusement, il ne connaissait pas son identité. À moins que Diagoras n'ait craché le morceau...

Je n'ai pas raconté à Lysias ce qui était arrivé à Crapaud. Il n'appréciait déjà pas beaucoup mon amie, ce n'était pas la peine d'en rajouter. Et je ne pensais pas qu'il prendrait le risque de la protéger, elle, si Lysandre envoyait ses sbires la tuer. C'était à moi de le faire. Désormais, je la quittais le moins possible. Quand j'étais à l'armurerie, je demandais à des amis du Pirée de garder un œil sur elle.

Au vrai, Phryné s'inquiétait moins de mettre en sûreté sa personne que la mine d'argent offerte par Diagoras. Elle m'a défendu d'en parler à quiconque, et j'ignore où elle l'a cachée.

– Ici, au Pirée, j'ai plus à craindre d'être égorgée par des voleurs que par les sbires du Bourreau d'Athènes, elle m'a fait remarquer.

Et au fond, elle n'avait peut-être pas tort.

– Si on allait le dérouiller? a un soir demandé Myrto.

On était sur le port, ma sœur, mon beau-frère Androclès, Phryné et moi, à dévorer des figues en regardant rosir le ciel. Les effluves de sel se mêlaient au graillon des tavernes, le cri des mouettes au beuglement des dockers et des marins ivres.

– Qui ?

– L'enfoiré d'aristo qui a balancé aux Spartiates que le père de Thémis était mort à Aïgos Potamos.

Je venais de tout raconter de la course de Thémis à Myrto et à Androclès.

– J'ai justement caché ce détail à Thémis pour éviter qu'il le fasse et s'attire des ennuis, j'ai dit.

– Thémis va partir au service militaire. Si on s'en charge quand il y sera, personne ne pourra penser que c'est lui. On trouve ce gars au gymnase, on l'attend à l'extérieur et on lui flanque une bonne raclée.

– Et ça va nous avancer à quoi ?

– Nom de Zeus, Héraclios ! Par jalousie, ce gars a saboté la course de son compatriote ! Et il n'aura jamais d'emmerdes pour ça, alors que Thémis est dans la panade ! Ça ne réécrira pas le passé, mais au moins on aura l'impression qu'il y a une justice.

Androclès et moi nous sommes regardés. Il y avait quelque chose de tentant dans la proposition de Myrto.

– Et je ne veux pas vous entendre dire que c'est d'accord à condition qu'on reste à la maison, Phryné et moi. Les filles du Pirée peuvent dérouiller les aristos aussi bien que les gars.

On n'a pas eu de mal à le repérer sur la piste du gymnase où Nicostrate entraînait ses poulains. Un mec long aux jambes puissantes, taillé pour la course du stade. Toujours fourré avec la même bande, les gars que Thémis ne pouvait pas piffer. Parfois, l'un d'eux s'interrompait pour aller bavarder avec les aristos qui s'asseyaient au bord de la piste pour causer philosophie ou politique et reluquer les jeunes athlètes. Ce jour-là, comme souvent, ils critiquaient la démocratie et débattaient du gouvernement idéal. Certains disaient qu'il fallait le confier aux vieilles familles, comme à Sparte ; d'autres aux plus riches, sans critère de naissance, pour éviter la corruption, et un ou deux avouaient à demi-mot regretter les Trente imposés par Lysandre, parce que le peuple prenait des décisions vraiment trop déraisonnables. Les autres faisaient alors mine d'être outrés, mais c'était pour la forme. Les Trente faisaient tous partie de ces vieilles familles aristocratiques qui admiraient le « modèle » spartiate et préféraient une Athènes sous la coupe de Sparte à la démocratie.

– Ils me dégoûtent tous autant qu'ils sont, a commenté Androclès.

On est ressortis du gymnase. Myrto et Phryné étaient là, avec quelques gars et filles du Pirée. On a tranquillement attendu que la bande de jeunes aristos ait terminé l'exercice. Quand la nuit a commencé à envelopper Athènes, on s'est dit qu'ils n'allaient plus tarder. Ils sont sortis en grappe, bruyants et insouciants, les cheveux collés par le sable et la sueur, visiblement repus et heureux d'avoir éprouvé leur corps. On leur a emboîté le pas. Ils nous ont emmenés vers les meilleurs quartiers de la ville, des endroits où aucun de nous n'avait jamais mis les pieds. À un moment, Myrto m'a donné un coup de coude : notre proie lâchait le groupe.

On a fondu sur lui avant qu'il n'utilise son principal atout, ces jambes puissantes qui faisaient de lui un bon coureur. Un croche-patte et il a mordu la poussière. Je me suis assis sur lui, l'ai agrippé par les cheveux et ai plaqué sa tête contre la terre battue, tandis qu'Androclès lui tirait le bras dans le dos. Il a gémi de douleur.

– C'est quoi, ton problème avec Thémis ? j'ai crié. Ton compatriote qui courait l'épreuve de fond à Delphes ?

– Mmmh, il a fait.

J'ai relevé un peu son visage.

– Rien à voir avec ce type, il a grogné en crachant de la terre. Lâchez-moi !

J'ai de nouveau aplati sa tête contre le sol.

– Quand il courait, au sanctuaire, tu es allé voir les Spartiates et tu leur as dit un truc. Et juste après, ils se sont mis à crier « Aïgos Potamos ». Tu leur as balancé que son père était mort là-bas, c'est ça ? Pour qu'ils le déstabilisent ?

– Je…

– *Dis-le!*

J'étais hors de moi. À mesure de mes cris, je tapais sa tête contre le sol et Androclès tirait un peu plus sur son bras. Il a fini par lâcher quelque chose qui ressemblait à un « oui ».

– Vous êtes de la même cité et tu as saboté sa course, pourquoi ?

– Parce que c'est un démocrate et que t'es un connard d'aristo pro-Sparte, c'est ça ? a suggéré Androclès. Ou simplement parce que t'enviais son talent ?

L'athlète a poussé une plainte inarticulée et on a déchargé sur lui, à coups de poing et de pied, toute notre hargne et notre mépris. Quand on a estimé que Thémis était suffisamment vengé, on l'a laissé gisant sur la terre battue. Il râlait faiblement, son corps était secoué de spasmes, mais aucun de nous n'a cherché à s'assurer qu'il survivrait.

Le lendemain, une grande agitation régnait sur l'agora, la place du marché d'Athènes. L'émotion était palpable entre les étals des commerçants, où les orateurs avaient l'habitude de se retrouver pour débattre. Ce jour-là, ils n'étaient pas les seuls : tout le monde avait quelque chose à dire. « Une agression comme ça, ça va faire le jeu des antidémocrates », grognait quelqu'un. « Moi, je trouve que c'est bien mérité ! On n'a pas été assez vengés des Trente. » Et d'un autre côté : « C'est inadmissible ! Il ne faut pas laisser passer ça ! Ou le peuple se lâchera comme un fauve... » « Pourquoi accuser le peuple ? C'est peut-être un voleur ! » Je me suis approché d'un commerçant et je lui ai demandé ce qui mettait tout le monde en émoi.

– Il y a eu une violente agression la nuit dernière. Un jeune homme a été retrouvé gisant dans son sang sur le chemin de sa maison. Or c'est le fils de Chariclès, qui était l'un des Trente.

Il m'a fallu digérer l'information. L'athlète que nous avions dérouillé la veille n'était pas seulement le fils d'un aristo pro-Sparte, mais d'un de ceux que Lysandre avait placés à la tête d'Athènes et qui avaient mené une répression impitoyable contre les démocrates.

– Il est mort ? j'ai demandé.

– Je ne sais pas, a répondu le commerçant. Mais les aristos mettent l'agression sur le dos des démocrates, en les accusant de ne plus respecter le traité de réconciliation générale.

Après la victoire du peuple sur les tyrans, le traité qui avait été signé garantissait la protection des Trente et de leurs supporteurs contre la vindicte populaire. Ils avaient pu reprendre leurs occupations sans être inquiétés, du moment qu'ils ne faisaient pas de vague.

– Ça risque de chauffer à l'Assemblée, a lancé un passant qui avait écouté notre conversation.

Ses craintes se sont révélées fondées. Quelques jours plus tard, sur la colline de la Pnyx où on se réunissait pour débattre et voter, les antidémocrates sont montés à l'offensive.

– Il y a trois nuits, un jeune Athénien a été violemment agressé et laissé pour mort ! s'est écrié l'un d'eux. Son tort, être le fils d'un magistrat de l'ancien régime. Ce signe est révélateur des excès de la démocratie ! Le peuple se croit tout-puissant parce qu'il a le pouvoir de décision et il laisse éclater ses pulsions les plus abjectes !

Thrasybule, le leader du parti démocrate, a rétorqué de sa voix forte que le fils de Chariclès pouvait très bien avoir été agressé par des voleurs, et que les ennemis de la démocratie prenaient toujours des prétextes fallacieux (c'est l'expression qu'il a employée, « prétextes fallacieux ») pour remettre en cause le pouvoir du peuple.

– Et on voit bien où ça a mené, ôter le pouvoir au peuple : au régime le plus sanglant qu'Athènes ait jamais connu, il a conclu. C'est donc ça, le gouvernement que vous voulez ?

Il a été longuement applaudi mais, en redescendant la colline de l'Assemblée, il ne décolérait pas.

– Tout leur est bon pour taper sur la démocratie ! Mais bon sang, d'où leur vient cette haine de notre système politique ? Ils ne se souviennent pas ? Ils ne se souviennent pas que les Trente ont tué des milliers d'innocents simplement pour voler leurs biens ?

– Les temps sont durs pour les démocrates, a remarqué Lysias. Lorsque nous étions à Delphes, Héraclios et moi, nous avons pu constater combien Athènes était traînée dans la boue et Lysandre populaire dans le monde grec. Quand on sait qu'il a détruit la démocratie dans toutes les cités qu'il a prises...

– Heureusement, quand les tyrans meurent, les tyrannies meurent avec eux, a indiqué Thrasybule. Sparte n'est rien sans Lysandre et son influence sur le monde grec s'éteindra avec lui. Tandis que la démocratie survivra toujours aux attaques de ses opposants, tant qu'il y aura des hommes pour veiller sur elle !

– Le tout est de savoir quand Lysandre s'éteindra, j'ai dit.

Thrasybule a passé un bras derrière mon épaule et m'a serré contre lui.

– Beau jeune homme, si j'avais une flotte à ma disposition, je t'assure que je te prendrais avec moi et que nous irions venger nos soldats morts à Aïgos Potamos.

Puis il nous a proposé, à Lysias et moi, de le suivre chez lui pour partager son dîner.

Depuis sa victoire sur la tyrannie, Thrasybule restait le politicien le plus populaire et le plus respecté d'Athènes. Il pouvait se targuer d'être le seul général à avoir refusé les exactions des Trente et à avoir mené la résistance contre eux. Sa voix de baryton et sa haute stature le portaient naturellement au commandement, et sa maîtrise de l'art oratoire, acquise au contact de Lysias, avait participé au succès de sa carrière politique et militaire. La pratique du pouvoir ne l'avait pourtant pas détourné de ses convictions démocratiques. Il était toujours prêt à se battre et à mourir pour que les Athéniens de toutes conditions puissent non seulement se faire entendre mais aussi accéder aux postes de commandement. Pour tout ça, je l'admirais plus que je n'avais jamais admiré personne, et je restais étonné et fier de l'importance qu'il m'accordait.

– C'est moi, j'ai avoué quand nous nous sommes trouvés seuls dans la salle de réception de Thrasybule, confortablement installés dans des fauteuils avec du vin, des galettes d'orge, du fromage et du raisin.

– Toi qui quoi, Héraclios ?

– Moi qui ai agressé le fils de Chariclès.

Lysias a renversé sa coupe de vin et Thrasybule a recraché le grain de raisin qu'il était en train d'avaler.

– Mais ce n'est pas pour ça que je l'ai agressé ! j'ai ajouté. Je ne savais pas que c'était le fils de Chariclès !

– Par tous les dieux, a tonné Thrasybule entre deux hoquets, qu'est-ce qui t'a pris ?

– C'est un traître à sa patrie, j'ai rétorqué. Comme l'était son père.

Et je leur ai raconté ce qui s'était passé pendant la course de Thémis à Delphes.

– Il voulait la défaite de Thémis parce que mon cousin est un citoyen pauvre du Pirée, j'ai conclu. Ou la victoire des Spartiates parce que sa famille est proche de Lysandre.

Je ne m'attendais pas à voir Thrasybule aussi en colère, et j'ai aussitôt regretté d'avoir fait cet aveu. Lysias, lui, posait sur moi un regard atterré.

– Sais-tu que ce garçon est toujours entre la vie et la mort ? Et que s'il meurt, son agresseur encourt la peine capitale ?

– Vous allez me dénoncer ? j'ai dit.

Thrasybule m'a violemment attrapé par la nuque.

– C'est tout ce qui t'importe, petit merdeux ? Tu as vu le foutoir que tu as mis dans la cité ? Les antidémocrates récupèrent tous les prétextes pour attaquer notre parti et toi, avec tes coups de sang de petite racaille du Pirée, tu leur en sers un sur un plateau ! Je te pensais plus intelligent, Héraclios !

Les larmes me brûlaient les yeux, mais je ne voulais pas montrer à mon héros combien ses mots m'affectaient.

– Thémis paie le prix du déshonneur et le fils de Chariclès n'aurait jamais été sanctionné pour ça, j'ai craché. Pourquoi ? Parce que le fils de Chariclès est riche et d'une vieille famille ! Quand la démocratie est incapable d'assurer l'égalité des citoyens devant la justice, il ne reste plus qu'à faire justice soi-même !

Thrasybule a brusquement relâché sa poigne et j'ai basculé en avant. J'ai juste eu le temps de me retenir avec les mains avant que ma tête ne heurte la pierre froide du sol. Ni Lysias ni Thrasybule ne m'a aidé à me relever. Ils me jugeaient tous les deux avec sévérité.

– Héraclios, tu ne sais même pas ce que le fils de Chariclès a dit aux Spartiates, a fait remarquer Lysias d'une voix calme. Tu as agi sur des suppositions. Voilà pourquoi aucun juge n'aurait pu le sanctionner : parce que personne n'a de preuve qu'il soit pour quelque chose dans la défaite de Thémis ! Pas parce qu'il est riche et Thémis, pauvre !

Je n'ai rien répliqué. Il avait raison.

– Tu n'as pas agi seul, a grogné Thrasybule. On dit

que le fils de Chariclès avait tellement d'hématomes qu'il n'a pu être attaqué que par une bande. Avec qui étais-tu ?

– Des *petites racailles du Pirée*, j'ai lâché, toujours amer de la formule qu'il avait employée pour me qualifier. Mais Thémis n'est pas lié à ça. Il est au service militaire en ce moment.

Thrasybule a soupiré et il s'est rassis.

– Juste après la chute des Trente, tu étais le premier à dire que la réconciliation générale était une bonne chose pour empêcher l'escalade de la violence, Héraclios. Et tu avais raison, parce que la haine et la violence sont le propre de la tyrannie. Qu'est-ce qui t'arrive ? Athéna la Sage a-t-elle cessé d'inspirer tes paroles et tes actes ?

J'avais envie de lui répliquer qu'Athéna la Sage ne m'avait jamais soufflé quoi que ce soit, mais avant que j'ouvre la bouche, Lysias a pris ma défense.

– Nous avons vécu des choses éprouvantes quand nous étions à Delphes. Surtout Héraclios. C'était la première fois qu'il revoyait Lysandre depuis la guerre, et d'apercevoir le bourreau de son père et de ses compagnons aussi acclamé, ça lui a fait quelque chose. J'ai ma part de responsabilité, Thrasybule, car c'est moi qui l'ai entraîné là-bas…

– Je suis le seul responsable, j'ai rétorqué.

Je me suis couvert la tête avec ma tunique,

comme le font les gens honteux, et j'ai tourné les talons pour prendre congé. Je ne reviendrais jamais chez Thrasybule, que j'avais déçu, et je cesserais mon travail de contremaître à la manufacture de Lysias pour redevenir docker au Pirée. *La place qui est la mienne*, j'ai pensé.

– Excusez-moi. Je ne suis pas digne d'être ici.

Une poigne a alors retenu mon bras, et j'ai senti contre moi l'étreinte puissante de Thrasybule.

– Tu sais que je tiens à toi plus qu'à n'importe qui d'autre. Ta place est ici, auprès des hommes prêts à se battre pour l'égalité et la justice. Mais de grâce, Héraclios, ne te laisse plus avoir par la haine.

– Je ne sais pas ce qui m'arrive, j'ai lâché le soir à Phryné.

Nous étions étendus dans la pénombre de ma bicoque, le visage baigné par la lueur de la lune.

– Je ne me reconnais pas. Pour n'importe quoi, je me chie dessus ou je pars en vrille. M'acharner sur ce type, le fils de Chariclès… Tu as dû m'arrêter pour que je ne le massacre pas. Mais c'est pas *moi*, Phryné. Je ne suis pas ce gars-là. C'est comme si des démons s'étaient emparés de mon âme…

Phryné a passé ses doigts dans mes cheveux.

– T'as vécu des choses terribles pendant la guerre. Peut-être que tu les avais enfouies dans un coin de ton crâne et qu'elles ressortent maintenant. Au fur et à mesure qu'on vit, on traverse des épreuves et à un moment on doit faire face à ses démons, tu sais.

Je me suis rendu compte que je ne savais pas grand-chose de la vie de Phryné. Bien qu'on se connaisse depuis l'enfance, elle se livrait peu sur elle-même. Depuis notre retour de Delphes, elle n'avait pas reparlé de son face-à-face avec le Bourreau d'Athènes, et je n'avais pas osé y refaire allusion. Contrairement à moi, en tout cas, ça ne semblait pas l'empêcher de dormir. Un jour, elle avait déclaré :

– Quand on n'a rien, on n'a pas peur de perdre quelque chose. Moi j'ai ni statut, ni parents, ni citoyenneté.

– Tu ferais une meilleure citoyenne que la plupart des hommes de cette cité, j'avais fait remarquer.

Quoi qu'on dise sur elle, Phryné avait de belles valeurs et, bien qu'elle n'ait jamais reçu d'éducation, je trouvais son jugement d'une finesse très supérieure au mien.

– Je sais pas, elle avait dit. Mais j'aime discuter avec mes clients des affaires de la cité. C'est instructif.

– C'est pas vrai que t'as rien, Phryné. T'as cette instruction que tu te forges tous les jours. T'as cette belle âme et ce qu'elle apporte aux autres. Et tu m'as à tes côtés.

– C'est vrai, elle avait admis. Mais j'ai pas dit que moi, j'avais rien. J'ai pas dit que j'avais pas peur, parfois. Mais sûrement moins que toi.

Quelqu'un a gratté à la porte. On s'est tous les deux redressés, aux aguets. J'ai immédiatement pensé aux tueurs de Lysandre. J'ai saisi un couteau, Phryné a fait de même, et nous nous sommes dépliés en silence. Je lui ai fait signe de rester en retrait et j'ai ouvert la porte brusquement.

Une silhouette grande et massive se tenait face à moi. Je me suis jeté sur elle, mais la lame du couteau n'a pas eu le temps d'atteindre sa cible qu'une main puissante me broyait le poignet. Je me suis senti repoussé à l'intérieur et plaqué contre le mur. Phryné a bondi, mais je l'ai arrêtée d'un cri.

– Héraclios, venait de répéter le visiteur. C'est moi, Étéoclès.

. 5

Phryné a allumé une torche. La lueur des flammes a dévoilé ce visage qui m'avait tant manqué. Étéoclès avait quelques années de plus, comme moi, mais aucun de nous deux n'avait vraiment changé. Après une hésitation, il m'a pris dans ses bras. Le contact de sa peau m'a fait frissonner. Nous avions été plus que des amis, lui et moi. Je l'avais aimé comme d'autres hommes aiment une femme, et je me rendais compte que ce sentiment merveilleux, longtemps enfoui, refoulé, ressurgissait intact.

– Tu m'as manqué, j'ai simplement dit.

Étéoclès a baissé les yeux.

– Je suis désolé, Héraclios. Je pensais pouvoir revenir à Athènes assez librement… Mais rien ne s'est passé comme prévu.

Nous nous sommes assis sur la terre battue. Étéoclès a tiré de sa ceinture une outre d'eau et s'est mis à boire à grandes gorgées. Phryné et moi lui avons offert des figues que j'avais cueillies dans la journée et il s'est jeté dessus comme un enfant. Il avait dû cheminer à marche forcée, sans prendre la peine d'avaler grand-chose. Je l'ai observé mâcher. Le jus rose coulait du coin de ses lèvres et s'infiltrait dans sa barbe sans qu'il y prenne garde. J'ai espéré que Phryné ne remarque pas combien ce spectacle m'émouvait.

– Qu'est-ce qui se passe ? j'ai demandé quand il a semblé rassasié. Sparte et Athènes ne sont pourtant plus en guerre depuis longtemps !

– Officiellement, non. Mais Lysandre a repris le dessus. Tu sais que notre roi, Pausanias, craignait qu'il ne s'octroie trop de puissance. C'est pour ça qu'il a convaincu mon peuple d'intervenir à Athènes contre les Trente. Mais quand les Spartiates ont compris que les Athéniens avaient réinstauré la démocratie, ils ont soupçonné Pausanias d'être proche de Thrasybule et des démocrates, traditionnellement hostiles à Sparte… Et ils lui ont retiré le commandement de l'armée, pour le confier de nouveau à Lysandre. Comme je fais partie des proches de Pausanias, je dois faire attention.

J'étais accablé par ce que j'entendais.

– Je l'ai vu à Delphes, j'ai dit. Lysandre. Tout le monde le nomme « Maître de la Grèce ».

– C'est ce qu'il est devenu, a soupiré Étéoclès. Grâce à ses amitiés en Perse et à son énorme trésor de guerre, il contrôle le monde grec des deux côtés de la mer Égée.

– Tu plaisantes ? Comment ça se fait, alors, qu'il n'ait pas encore marché sur Athènes pour la rayer de la carte ?

Étéoclès a eu un rire moqueur.

– Parce qu'Athènes ne constitue plus la moindre menace pour lui, Héraclios. Ce n'est pas sa priorité.

J'ai laissé échapper un soupir d'impuissance.

– Mais ma cité se méfie quand même un peu de lui, a repris Étéoclès. Même si elle lui a de nouveau confié le commandement de l'armée, il n'est pas libre de faire ce qu'il veut. D'ailleurs, on commence à le suspecter de comploter pour renverser nos institutions et s'emparer du pouvoir comme un tyran. Pausanias m'a demandé de le surveiller. C'est pour ça que j'étais à Delphes.

Phryné et moi nous sommes regardés.

– Le faux oracle, on a lâché ensemble.

Étéoclès a froncé les sourcils.

– À Delphes, Phryné a entendu une conversation entre Lysandre et un des grands prêtres d'Apollon, j'ai expliqué.

– Qu'est-ce qu'ils ont dit ?

– Je ne sais pas de quoi ils parlaient, a admis

Phryné. Simplement... Il était question de falsifier un oracle de la Pythie.

– Ce que vous affirmez est grave, a dit Étéoclès. La Constitution de Sparte a été validée par Apollon à Delphes et il n'y a que par un nouvel oracle du dieu que Lysandre pourrait la remettre en cause. Un oracle qui lui donnerait les pleins pouvoirs, par exemple.

– Mais Phryné les a surpris, j'ai dit. Lysandre sait qu'elle peut tout balancer. Alors peut-être qu'il n'osera rien tenter...

Étéoclès a ouvert de grands yeux et a observé Crapaud, comme pour s'assurer qu'elle était bien réelle.

– Tu es encore en vie ?

Phryné a ri.

– Jusqu'à nouvel ordre, oui. J'ai réussi à m'enfuir... Lysandre ne sait pas qui je suis, ni où je crèche.

– Une chance que tu vives dans une des rares cités où ses sbires ne sont pas au pouvoir, a fait remarquer Étéoclès. Mais fais attention à toi ! En ce moment, il doit être en train de te chercher dans toute la Grèce.

– Tu vas rapporter le récit de Phryné au roi Pausanias ? j'ai demandé.

– Il va falloir que je lui en parle. Mais je protégerai l'identité de Phryné, bien entendu.

Avec cette finesse dont elle a le secret, Crapaud s'est alors levée pour prendre congé.

– Vous devez avoir des choses à vous dire, tous les deux.

Rien ne me réjouissait plus que la perspective d'un tête-à-tête avec Étéoclès, mais je n'aimais pas savoir Phryné seule, surtout après la conversation que nous venions d'avoir. Elle m'a garanti qu'elle ne serait jamais plus en sécurité que dans les tavernes du port, où tout le monde la connaissait. J'ai quand même insisté pour l'accompagner. Après m'être assuré qu'elle ne courait aucun danger, je me suis hâté de retrouver Étéoclès.

Nous nous sommes aimés comme si nous nous étions quittés la veille, sans un mot, comme une évidence. Quand on s'est étendus, repus et heureux, il m'a annoncé qu'il repartirait à l'aube. J'ai insisté pour qu'il reste quelques jours de plus, planqué dans ma bicoque. Il semblait tiraillé, mais la raison l'a emporté.

– C'est trop dangereux, Héraclios. Je ne dois pas être vu ici.

Je lui ai demandé, amer, s'il me faudrait encore attendre plusieurs années pour le revoir.

– Si les choses étaient simples, je passerais le restant de mes jours à tes côtés, il a soupiré.

Nous sommes restés longtemps étendus, main

dans la main, sans nous parler. Je savourais le contact de ses doigts épais, calleux, fatigués de porter le bouclier. À Sparte, il m'avait expliqué, les citoyens étaient astreints au service militaire jusqu'à soixante ans. C'est-à-dire, pour bon nombre d'entre eux, toute leur vie. Et quand ils ne s'entraînaient pas à la guerre, ils la faisaient.

– Tu ne m'as jamais raconté, j'ai fini par murmurer, comment tu as vécu la bataille d'Aïgos Potamos.

Il a eu une moue gênée.

– Ce ne serait pas décent de te parler de ça.

– Mais je veux savoir, j'ai insisté. Ce qui s'est passé... Comment les miens ont péri.

Étéoclès s'est redressé.

– Non, il a tranché d'une voix dure.

– Tu me le dois, j'ai répliqué. Tu étais dans les rangs de ceux qui ont tué les miens.

Il y a eu un silence. J'ai eu peur de l'avoir blessé.

– Justement, Héraclios. Je ne veux pas que tu m'en veuilles.

– Laisse-moi juger si je dois t'en vouloir ou non. S'il te plaît, Étéoclès. Jusqu'à présent, je ne voulais plus entendre parler de cette plage de malheur. Mais tout ça est resté enfoui quelque part dans ma mémoire et je sens que je ne vais pas bien. Alors je me dis que si j'affronte ce qui s'est passé, j'arriverai peut-être à chasser ces fantômes.

Étéoclès a retiré sa main de la mienne, il a détourné le regard et s'est mis à parler.

– Il faut que tu aies à l'esprit que dans cette armée qui vous a vaincus à Aïgos Potamos, il y avait peu de citoyens de Sparte comme moi. Notre flotte, contrairement à la vôtre, était composée de mercenaires, et l'armée de terre formée de soldats engagés localement dans des cités alliées à Sparte. Les Spartiates, c'étaient les cadres, les officiers. Une élite que Thorax, le bras droit de Lysandre, avait sélectionnée pour cette mission. En faire partie m'honorait beaucoup.

– Tu veux dire que...

– Laisse-moi poursuivre ce récit sans m'interrompre, Héraclios. Tu me jugeras à la fin. J'étais donc capitaine dans la troupe de Thorax, qui suivait la flotte de Lysandre par la terre. Notre objectif était de prendre le port de Lampsaque, sous votre influence. Un point stratégique, car s'en emparer, c'était se rendre maître du détroit par lequel vous vous approvisionniez en blé. Lysandre savait qu'il attirerait alors votre flotte dans le détroit comme des mouches autour d'un pot de miel. Nous avons donc pris Lampsaque, puis nous avons tranquillement attendu votre arrivée.

»Je devine la question que tu veux me poser.

Mon état d'esprit à ce moment-là. Tu es un sentimental, Héraclios, et je crois qu'au fond j'en suis un aussi. Mais à l'époque, je ne me posais pas toutes ces questions. Je t'ai déjà parlé de l'éducation qu'on reçoit à Sparte : dès l'enfance, on apprend à être durs et à obéir aux ordres de nos supérieurs, du moment qu'ils vont dans l'intérêt de la cité. À cet instant, ce qui m'importait, c'était la même chose que mon amiral : anéantir la flotte d'Athènes une bonne fois pour toutes et gagner cette guerre qui durait depuis trop longtemps.

» On a tranquillement observé votre approche en comptant vos navires. Quand on a compris que vous étiez venus avec tous vos vaisseaux, loin de trembler, on a jubilé. Vous nous donniez l'occasion de porter le coup décisif ! Mais encore fallait-il remporter la bataille… Et Lysandre, qui n'est pas du genre à sous-estimer son ennemi, gardait la tête froide. À l'inverse de vos chefs, qui vous ont menés à votre perte par leur bêtise et leur arrogance.

– Tu… Tu sous-entends que les responsables de nos morts, ce sont nos propres amiraux ?

– De vos morts, non. De votre naufrage, oui. Et tu le sais très bien !

– Je…

– Je t'ai dit de ne pas m'interrompre. Quand on a constaté que vous aviez établi votre base sur une plage sans port ni ravitaillement à proximité, simplement parce qu'elle se trouvait sur la rive opposée au port de Lampsaque, on n'en est pas revenus. Vous pensiez sans doute nous affronter frontalement, à la loyale, force contre force, comme sur terre. Mais c'était si mal connaître Lysandre ! Il n'a eu qu'à miser sur son meilleur atout : la ruse. Il a mis ses navires en ordre de bataille sans les faire sortir du port et il a observé votre réaction. Il a vu vos navires s'approcher, tenter de le titiller et chaque soir repartir vers votre base. Il a vu les marins gagner la terre, tirer les bateaux sur la plage et se disperser, sans défense, à la tombée de la nuit. Le cinquième jour, il n'a eu qu'à attaquer quand vous avez mis pied à terre. Mais tu sais tout ça.

» Lors de notre attaque, j'étais avec les fantassins de Thorax. On a franchi le détroit en amont et, discrètement, on vous a encerclés par la terre. Ça m'a fait un peu de peine de voir tous ces hommes se faire avoir si facilement. Moi aussi, quelque part, j'aurais préféré un combat loyal et franc. Mais la victoire n'est pas toujours belle, il faut l'accepter. Nous avons acculé les survivants sur la plage, pillé le camp, brûlé les navires endommagés et fait main basse sur les autres. À un moment, je me suis éloigné pour faire mes besoins. C'est là que je t'ai surpris, Héraclios. J'aurais dû t'ordonner de rejoindre les prisonniers sur la plage, mais tu m'es apparu à la fois si beau et si vulnérable que j'en ai été incapable. Tu étais comme une manifestation de grâce sur ce champ de désolation. Alors je t'ai indiqué le chemin pour fuir. Et je n'ai plus réussi à chasser ton visage de mes pensées...

– Dis-moi ce qui s'est passé ensuite, j'ai exigé d'un ton dur, pas attendri pour deux oboles.

– Je sais que c'est ce que tu attends, a soupiré Étéoclès. Après avoir honoré les dieux devant la troupe, Lysandre nous a ordonné de rapatrier les vaisseaux qui étaient intacts et les prisonniers de l'autre côté, à Lampsaque. C'est ce que nous avons fait le lendemain, après avoir fêté notre victoire. Il y avait plusieurs milliers de prisonniers, ça a pris un certain temps. Souvent, les Athéniens me demandaient ce qu'on allait faire d'eux. Je leur répondais que je n'en savais rien, même si je n'avais pas d'espoir pour eux. À Lampsaque, Lysandre a réuni tous nos alliés et c'est ensemble qu'ils ont décidé du sort des prisonniers. Ce jour-là, nous avons tué trois mille hommes. J'ai dû superviser une partie des exécutions, Héraclios, et je peux te dire que voir ces hommes tomber les uns après les autres, la gorge ouverte, m'a révulsé. Abattre un ennemi sur le champ de bataille ne me fait rien, c'est lui ou moi, ce sont les lois de la guerre. Mais enlever la vie à un être sans arme, quand le combat est terminé, je ne peux pas. C'est là que j'ai commencé à douter, je crois. Quand la sale besogne a été faite, je me suis caché pour dégueuler mes tripes. Tu dis que les fantômes d'Aïgos Potamos te poursuivent, mais ils me hantent aussi chaque jour, Héraclios.

J'avais obéi à Étéoclès. Je ne l'avais pas coupé dans son récit. Et à présent, j'étais incapable de décider si je devais lui pardonner ou le haïr à mort. Mes sentiments tiraient mon cœur de part et d'autre. Je crois que ma seule certitude était le regret d'avoir insisté pour qu'il me déballe le récit de sa guerre. Étéoclès était l'homme qui m'avait sauvé la vie et j'étais à mille lieues d'imaginer qu'il ait pu prendre une part active aux exactions qui avaient été commises à Aïgos Potamos. Mais il n'en avait pas terminé.

– J'étais encore plié en deux que Thorax, mon supérieur, est venu à ma rencontre. « Étéoclès, il m'a lancé, Lysandre veut te voir. » Je n'en croyais pas mes oreilles. Je savais que notre commandant en chef connaissait l'identité de tous les officiers qui étaient à son service, mais il ne m'avait jamais adressé la parole personnellement. Tu dois comprendre qu'à la suite de cette victoire, son prestige, qui était déjà grand, a dépassé tout ce qu'un homme peut connaître. C'est à ce moment-là qu'on a commencé à lui tresser des couronnes, à lui dresser des autels et à lui composer des hymnes comme à Apollon. En une soirée, il avait mis fin à une guerre interminable et, dans l'esprit de tous, ça ne pouvait être que l'œuvre d'un dieu.

» « Amiral, voici Étéoclès », a dit Thorax en saluant Lysandre. Je suis tombé à genoux devant lui et il m'a fait signe de me relever. « J'ai demandé à Thorax de me désigner le plus valeureux, le plus loyal et le plus discret de ses hommes et c'est toi qu'il a nommé, Étéoclès. Je connaissais déjà ton excellente réputation. Je sais aussi que le roi Pausanias te tient en haute estime. Tout ça me fait penser que tu es le soldat qu'il me faut. – Commande, amiral, et j'obéirai, j'ai dit. – Athènes va tomber. C'est une question de jours. J'ai déjà fait parvenir un messager à Sparte pour envoyer nos fantassins assiéger la ville. Mais avant de mettre le cap sur l'Attique, je vais montrer à la Grèce qui s'est rendu maître des mers en libérant une à une toutes les cités côtières et les îles que les Athéniens avaient asservies. Comprends-tu pourquoi c'est important de le faire avant d'assiéger Athènes, Étéoclès ? – Pour que les alliés d'Athènes ne puissent pas lever une armée pour venir en aide aux Athéniens enfermés dans leur ville, amiral, j'ai dit. – Belle perspicacité, capitaine. Or, dans cette entreprise, certaines cités opposeront sans doute de la résistance. Et si je suis tué, cela redonnera de l'espoir aux ennemis de Sparte. J'ai donc besoin d'un garde du corps.» Il a posé une main sur mon épaule. «Je veux que tu me suives partout comme mon ombre, Étéoclès. De telle manière que, si on porte atteinte à ma personne, tu sois le seul à pouvoir être soupçonné.» Je suis persuadé que s'il m'a désigné, c'est parce qu'il voulait mettre à l'épreuve ma loyauté: il savait que le roi Pausanias le jalousait et j'étais le seul de ses officiers en qui il n'avait pas entièrement confiance.

– Tu as…

– J'ai obéi, Héraclios. Jusqu'à ce que nous accostions au Pirée pour assiéger Athènes, je me suis acquitté jour et nuit de la mission de protection rapprochée que Lysandre m'avait confiée. Jour après jour, j'ai assisté à l'ascension du chef de guerre le plus impitoyable que la Grèce ait jamais porté et à l'édification d'une divinité. Je marchais dans son ombre quand les populations tombaient à genoux devant lui et que les poètes chantaient ses louanges. Je marchais dans son ombre quand il plaçait au pouvoir des gouvernements à sa solde et qu'il nettoyait les cités de tous ses opposants. Je me coulais dans son ombre pour assister de bout en bout aux exécutions qu'il ordonnait et dont il se repaissait comme s'il y puisait de la force. Je me trouvais dans son ombre quand il voguait vers une nouvelle cité à conquérir, implacable, maître des mers, sûr de sa puissance. J'étais également dans son ombre quand il dormait sur ses deux oreilles, comblé par les succès et les honneurs, repu de tous ces morts, ces ravages et ces malheurs qui me faisaient perdre le sommeil. Enfin, au bout de plusieurs semaines, nous avons gagné l'Attique et il m'a libéré de mes obligations.

» Ne va pas t'imaginer, Héraclios, que j'ai été proche de Lysandre. Personne n'est proche de Lysandre. Quand il livre ses sentiments à quelqu'un, c'est qu'ils sont faux. Il sait flatter, se montrer humble et même aimable, mais dans ce cas il a toujours une idée derrière la tête. Le vrai Lysandre ne se dévoile pas. Je doute même qu'il ait des sentiments véritables. Il y a en lui une dureté qui a été forgée par l'éducation spartiate, l'épreuve du commandement et ses triomphes. À moi, il ne s'est confié qu'à de très rares reprises et, je pense, uniquement dans le but de mettre ma loyauté à l'épreuve : s'il avait constaté que ses propos s'étaient répandus, il m'aurait tué. Je n'en ai jamais rien dit, pas même à Pausanias. Mais maintenant, quelle importance… Je sais par exemple qu'il a reçu un oracle à Delphes, où il s'est rendu dans le plus grand secret avant de mener le siège d'Athènes. Cet oracle affirme : « Prends garde au soldat brillant et au dragon rusé qui marche dans son ombre. » C'est difficile à interpréter, comme toujours avec ce que prédit Apollon, mais Lysandre a une théorie : le dragon étant une créature terrestre, il est persuadé qu'il se mettra en danger s'il combat avec l'infanterie. Et que tant qu'il sera sur la mer, il ne risquera rien.

» Une autre fois, c'était un soir, il m'a demandé si j'avais des enfants. « Trois, je lui ai dit. Un garçon et deux filles. » Il m'a dit : « J'aurais aimé avoir un garçon. Je n'ai que des filles. Et personne n'en veut, parce que je n'ai rien à donner pour la dot. Tu veux savoir l'ironie de l'histoire, Étéoclès ? Les conquêtes ont fait de moi l'homme le plus riche de la Grèce, mais à Sparte je reste pauvre parmi les pauvres, puisque je suis né sans terre et que la circulation de la monnaie est interdite. » Il n'a rien ajouté, mais j'ai perçu dans sa voix comme de l'amertume. C'était bien la seule fois. Je pense que Lysandre est un homme qui envisage les rapports humains uniquement comme des rapports de force. Il dominera les autres tant que la victoire lui sourira et préférera mourir le jour où il échouera. S'il échoue un jour.

Cette fois, j'ai su qu'Étéoclès en avait terminé. C'était à moi de parler, de juger, de condamner. Mais les mots me manquaient. Je ne trouvais rien d'assez fort pour exprimer la douleur du coup de poignard qu'il m'avait planté dans le cœur et lui rendre un coup de la même violence. Ce qui m'écœurait le plus, je crois, c'est cette espèce de fascination qu'il y avait dans sa voix quand il parlait de Lysandre, alors qu'il n'y avait jusque-là fait allusion qu'avec des mots très durs.

– Je croyais te connaître, j'ai bredouillé. Je croyais connaître un homme de conviction, révolté par les injustices et prêt à risquer sa vie pour les empêcher. Je croyais qu'on était du même bord, malgré nos deux cités en guerre, parce qu'on luttait ensemble contre les tyrans. Et tu me dis que tu as suivi Lysandre comme un chien dans toutes ses conquêtes et tous ses crimes ! Sans élever la moindre objection !

– Je savais que tu n'aimerais pas entendre ça, Héraclios. Mais tu me l'as demandé et je t'ai dit la vérité. Lysandre avait été désigné par ma cité pour commander l'armée. J'étais dans les rangs de cette armée et il était mon supérieur.

– Et ? S'il t'avait demandé de te jeter d'une falaise, tu l'aurais fait ? Visiblement oui, puisque tu as participé aux exécutions des prisonniers athéniens et que tu as assuré la protection du Bourreau d'Athènes alors qu'il livrait la Grèce à la terreur, au massacre et au pillage ! Et moi, tu m'as seulement épargné parce que je t'ai *plu*, parce que tu m'as trouvé *beau*. Mais autrement, tu m'aurais livré à Lysandre comme les autres, sans le moindre état d'âme !

– Tu sais que désobéir à un ordre ne fait pas partie de mon éducation. Et c'est toi qui m'as fait cheminer, Héraclios. D'abord, j'ai réprouvé en silence, puis j'ai osé franchir le pas et prendre parti contre Lysandre. Tu dois comprendre que ça n'a pas été facile pour moi. J'ai dû aller à l'encontre de tout ce qu'on m'avait inculqué.

– Barre-toi, j'ai dit. Barre-toi avant que je te tue !

Étéoclès ne s'est pas fait prier. Il a rassemblé ses affaires et s'est dirigé vers la porte. Sur le seuil, il s'est retourné une dernière fois.

– Je comprends ta rancœur, Héraclios. J'ai été lâche. Mais j'espère que tu comprendras que j'ai fait du chemin et que nous partageons depuis longtemps le même combat.

La colère me dévorait tellement que j'ai attrapé une torche et que je suis sorti pour tenter de me calmer. La nuit m'a enveloppé. Petit à petit, j'ai senti que ma respiration se calquait sur le rythme de mes pas. La douleur s'émoussait. J'ai marché jusqu'aux tavernes du port dans l'idée de retrouver Phryné ou des copains, des visages amicaux. Je suis tombé sur eux tous, bras dessus, bras dessous, mes potes dockers, Crapaud et des copines à elle, à brailler des chants paillards dans l'hilarité générale. Phryné avait déjà bien picolé, mais ça ne l'a pas empêchée de comprendre que si je débarquais tout seul, c'est que les choses ne s'étaient pas passées comme prévu.

– Allez viens, mon loulou, prends à boire et oublie, elle m'a soufflé. On en reparlera demain.

Je n'aurais pas pu lui être plus reconnaissant : c'était exactement ce qu'il me fallait. Nous avons ri, fêté la joie simple d'être là, ensemble, chez nous, vivants. Quand l'aube a effleuré le voile de la nuit, nous nous sommes dispersés en titubant, l'esprit embrumé mais encore vaguement heureux. Phryné m'a questionné alors qu'on cheminait cahin-caha vers ma bicoque. Je lui ai tout déballé, sans oublier un seul détail. Malgré les brumes de l'alcool, elle hochait la tête avec gravité.

– Je comprends que tu le vives comme une trahison, elle a commenté quand j'ai eu terminé. Mais Étéoclès ne t'a pas trahi, Héraclios. Tout ça, il l'a fait avant de vraiment te connaître.

– Il ne m'avait jamais avoué qu'il avait supervisé ces exécutions alors qu'il savait que mon père, mon oncle et plusieurs de mes amis faisaient partie des victimes, j'ai dit.

– Il faut sacrément de couilles pour avouer un truc pareil à un ami. Qui dit que tu ne l'aurais pas rembarré pareil s'il t'avait balancé ça dès le début ?

– Arrête de le défendre, Phryné.

– Tu préfères que je te dise quoi, Héraclios ? « T'as raison, c'est un bel enfoiré » ? Oui, quelque part c'en est un. Mais tu sais toi-même qu'une partie des enfoirés peuvent être pardonnés, et je pense qu'Étéoclès est de ceux-là.

Phryné m'a souri. Je l'ai embrassée. Je n'étais pas d'accord avec elle, mais la beauté de son raisonnement m'émouvait. En rentrant chez moi, nous nous sommes aimés tendrement, longuement. C'était agréable. J'ignorais que cette nuit d'amour entre nous serait la dernière. Car Phryné allait bientôt m'échapper, elle aussi.

Plus tard, elle me raconterait que c'est en entendant la voix chaude et grave de l'homme qu'elle avait d'abord ressenti des picotements dans le ventre. Puis tout en lui l'avait irrésistiblement attirée : son physique, son allure, ses expressions. Elle me dirait aussi que l'homme avait eu la même sensation en la voyant, ses yeux dorés, sa moue boudeuse et la timidité qu'elle cachait sous ses postures provocantes. Une fois n'est pas coutume, Éros avait adroitement décoché deux flèches au même moment, et le dieu de l'Amour avait apparemment un sacré sens de l'humour.

J'ai conduit Phryné chez Thrasybule le lendemain de la visite surprise d'Étéoclès. Il était, selon moi, le seul à pouvoir assurer la protection de mon amie face aux hommes de Lysandre. Et Crapaud était plus que jamais en danger, maintenant qu'Étéoclès était au courant. Je m'en voulais de lui en avoir parlé.

Thrasybule partageait son repas avec des amis, mais il n'a pas fait de manières pour nous accorder une audience. Il s'est excusé auprès de ses invités, nous a installés dans un petit salon et a donné l'ordre à ses serviteurs qu'on ne nous dérange sous aucun prétexte. Je me suis vite rendu compte qu'il dévorait Phryné des yeux. Mais comme il avait une réputation de coureur, ça ne m'a pas étonné. Ce que j'ai mis plus de temps à comprendre, parce que j'étais très loin de le soupçonner, c'est que Phryné, que je croyais désabusée sur les hommes, le lorgnait avec la même envie. À la fin du récit de Crapaud, Thrasybule nous a aussitôt promis qu'il assurerait sa protection et, se tournant vers elle, il lui a déclaré qu'elle ne serait jamais autant en sécurité que dans sa villa. J'ai attendu la protestation de Phryné, comme lorsque j'insistais pour l'accompagner partout, mais elle n'est pas venue. C'est là que j'ai compris.

L'idylle entre Phryné et Thrasybule a été si brusque, si enflammée, qu'en quelques jours elle a fait le tour d'Athènes. À croire qu'un unique sujet de conversation était capable d'accaparer une ville entière : les amours du héros de la guerre avec une prostituée du Pirée, elle-même fille d'une prostituée et d'un père inconnu, et l'impudeur dont Thrasybule faisait preuve, étalant ses sentiments au grand jour, retrouvant sa compagne en pleine rue, la prenant dans ses bras et l'embrassant avec passion. Du pain bénit, pour les antidémocrates. J'avais mal au cœur en entendant toutes les saletés qui se disaient sur Phryné. J'en venais parfois aux mains pour défendre son honneur.

J'étais persuadé que cette histoire ne durerait pas. Parce que Phryné ne supporterait pas d'être ainsi exposée et traînée dans la boue, et parce que Thrasybule, en dépit de tout ce qu'il avait pu faire pour Athènes sur les plans militaire et politique, voyait d'un coup sa cote de popularité dégringoler. On disait que même ses enfants, qui étaient adolescents, n'avaient pas de mots assez durs envers lui. Mais le temps a prouvé que les sentiments qu'ils partageaient étaient plus puissants que le qu'en-dira-t-on. Lassé par les attaques, Thrasybule a même fini par officialiser sa relation devant l'Assemblée.

« Où que j'aille, un unique sujet semble préoccuper les Athéniens. Je suis flatté que ma vie privée suscite autant d'intérêt, mais j'entends tellement d'inepties sur moi-même qu'il va bien falloir, avant de me remettre à parler des choses sérieuses, que j'apporte ma propre version des faits. Car personne ne me connaît mieux que moi-même, n'est-ce pas ? Alors voilà : je suis veuf, père d'un fils et d'une fille, et il y a quelque temps j'ai décidé de me remettre en ménage. Ma nouvelle compagne est de condition libre, elle est née dans le quartier du port. Ce qui semble poser problème à certains, c'est que je ne puisse pas légalement me marier avec elle, parce qu'elle n'est pas fille de citoyen athénien. Du moins pas officiellement, car elle est née de père inconnu. Toutefois, je partage ma vie avec Phryné comme si elle était mon épouse, et vous pouvez la considérer comme telle. J'ajoute à cela que j'ai été amusé en constatant que la plupart des hommes qui me diffament, mariés à des femmes *de bonne lignée*, sont connus pour aller voir ailleurs. Tandis que moi, dont le seul tort est de ne pas pouvoir épouser ma compagne, je partage avec elle l'amour sincère et exclusif que se doivent mutuellement les époux. J'en conclus donc que les hommes qui médisent de moi le font soit par ignorance – et ils cesseront de le faire après ces explications –, soit par envie de ma relation saine et heureuse, et alors je les plains sincèrement. »

Après cette mise au point, les ragots se sont espacés. Puis on a fini par passer à autre chose, et Thrasybule a retrouvé sa popularité.

Je dois l'avouer, ces moments ne m'ont pas été agréables. Je défendais Phryné au nom de cette complicité qui nous unissait depuis l'enfance, mais j'avais un peu l'impression d'être trahi une seconde fois. C'est vrai, Phryné et moi ne vivions pas à proprement parler une *relation amoureuse*, et elle méritait de connaître avec un homme la passion que j'avais partagée avec Étéoclès. Mais je n'étais plus son confident, elle n'était plus ma confidente et sa présence à mes côtés, le soir, me manquait terriblement.

Pour tout dire, à ce moment-là de ma vie, je me suis senti très seul avec mes angoisses. Étéoclès m'avait trahi, Phryné était partie, Thémis était au service militaire avec ses rêves brisés. Parmi mon cercle d'intimes, restaient Myrto et Androclès, avec qui je passais de plus en plus de temps. Nous n'avons reparlé qu'une fois de l'agression du fils de Chariclès, quand on a appris qu'il était tiré d'affaire. Ma sœur et mon beau-frère jugeaient que les dieux avaient été cléments avec lui. Pour ma part, je repensais à la conversation que j'avais eue avec Lysias et Thrasybule et j'étais plutôt soulagé, mais je me suis gardé de le leur avouer. Myrto pestait aussi fréquemment contre Phryné, qu'on ne voyait plus au quartier depuis qu'elle fréquentait « son politicien », comme elle disait. C'était vrai : Phryné ne mettait plus les pieds au Pirée. Elle était même devenue une *femme respectable*, qui tenait salon dans la villa de

Thrasybule et discutait de politique avec son compagnon et ses amis. Même Lysias, qui l'avait longtemps méprisée, avait révisé son jugement sur elle et recherchait sa compagnie. Là encore, je me gardais de contredire Myrto, mais pour moi Phryné méritait de vivre cette vie. Elle qui avait longtemps vendu son corps pour vivre avait le droit de s'épanouir dans les choses de l'esprit.

Un soir, j'ai trouvé ma sœur aussi déprimée que moi. Ce n'était pas dans ses habitudes: elle avait un caractère de chien, mais ne se laissait jamais abattre. Androclès n'était pas là et j'ai senti qu'elle avait quelque chose à me dire.

– J'ai un locataire sous le nombril, elle a lâché (c'est l'expression qu'elle a employée: du Myrto tout craché).

Je ne m'attendais pas à ça. Devant sa mine déconfite, ça a été plus fort que moi, j'ai éclaté de rire. Et je me suis pris en retour une baffe bien sentie.

– Par Zeus, Héraclios, c'est pas drôle! Depuis tout le temps qu'on est ensemble, Androclès et moi, j'avais vraiment l'espoir que ça n'arrive jamais.

J'ai alors remarqué, sous sa tunique ample, que son ventre commençait à se tendre. Et ça m'a fait quelque chose.

– Moi, je trouve ça formidable, Myrto. Je vais être tonton!

– Ouais, et c'est pas toi que le gosse réveillera en braillant, c'est pas toi qui nettoieras sa merde et qui devras le faire téter.

– Tu aurais dû te trouver un type riche, comme Phryné. Comme ça tu aurais pu le confier à une nourrice.

J'ai senti que Myrto n'était pas d'humeur à plaisanter. Alors je suis redevenu sérieux.

– T'inquiète pas, sœurette. Ça grandit vite. Et puis je serai là si t'as besoin. Androclès le sait ?

– Non, je dois lui annoncer.

Moi, cette nouvelle m'a redonné le moral. J'essayais d'imaginer cet enfant du Pirée, courant dans nos ruelles malpropres comme on l'avait fait nous-mêmes, petits, avec les autres gamins du quartier. Il serait beau et débrouillard comme ses parents et on serait tous fiers de lui.

– Et s'il y a de nouveau la guerre ? a demandé Myrto. Tu te souviens, quand tous les frères et sœurs de Thémis sont morts de faim les uns après les autres pendant le siège d'Athènes ? Je pourrais pas supporter que la vie de mon gosse soit en danger, Héraclios.

J'ai alors compris que ma sœur s'inquiétait moins pour son propre avenir que pour celui de son enfant. Dans quel monde grandirait ma nièce ou mon neveu ? Sans sa flotte ni ses murailles, Athènes était si vulnérable… Serions-nous de nouveau à la merci de Lysandre, s'il parvenait à s'emparer du pouvoir absolu à Sparte et décidait de briser une bonne fois pour toutes la démocratie athénienne ?

J'ai alors repensé à la fuite de l'amiral Conon et aux navires qu'il avait peut-être sauvés du désastre d'Aïgos Potamos. Parfois, je me prenais à rêver que je le retrouvais et que je découvrais qu'il avait constitué dans le plus grand secret une immense flotte. Suffisamment importante pour vaincre celle de Lysandre.

Si seulement…

LA GUERRE

(395 av. J.-C.)

. 6

Myrto avait raison de s'inquiéter. Clio, l'adorable fille qu'elle avait mise au monde, fêtait sa première année quand la guerre est revenue frapper aux portes d'Athènes. À croire que son retour était inéluctable. Peut-être les hommes préfèrent-ils encore la ruine et la désolation à l'ennui qui ronge les sociétés en paix… Quels exploits les Muses chanteraient-elles si le monde ronronnait éternellement dans l'harmonie ?

Phryné est venue me trouver à la manufacture. Je me suis douté qu'il se passait quelque chose d'inhabituel car, depuis qu'elle vivait chez Thrasybule, je n'avais pas le souvenir qu'elle l'ait déjà fait. Elle avait visiblement couru et était fébrile. Un instant, je me suis dit : *Elle attend un bébé elle aussi.* Même si elle m'avait toujours affirmé qu'elle avait avalé des breuvages, quand elle travaillait dans la rue, pour ne jamais tomber enceinte d'un enfant qui n'aurait pas de père. Parce que c'était comme ça que sa mère l'avait eue, elle.

– Thrasybule veut te voir d'urgence, elle m'a dit le souffle court.

– Pourquoi ? j'ai demandé, un peu inquiet.

Elle m'a fait signe qu'elle me raconterait en chemin et nous nous sommes mis en route.

– Des Thébains se sont pointés chez nous. Apparemment, ça chauffe entre leur cité et Sparte. Ils demandent le soutien d'Athènes en cas de conflit.

– Et Thrasybule en pense quoi ?

– Il est pour, bien sûr. Thèbes a accueilli les exilés d'Athènes pendant la tyrannie et c'est là qu'il a pu rassembler son armée pour marcher contre les Trente.

À mon arrivée, Thrasybule s'est levé et m'a donné une bonne claque dans le dos.

– Mon bel Héraclios, que dirais-tu de repartir en campagne à mes côtés ?

Il semblait d'humeur badine, comme si rien ne le réjouissait plus que la perspective d'une campagne contre Sparte. Puis il a embrassé Phryné comme un adolescent en la remerciant d'être allée me chercher. C'est alors que j'ai remarqué les deux hommes allongés sur les banquettes de la salle de réception.

Les fameux envoyés de Thèbes dont m'avait parlé Phryné. Leur gravité tranchait avec la surprenante jovialité de mon général.

– Voilà Héraclios, leur a indiqué Thrasybule. Héraclios, ces messieurs sont de Thèbes – la dernière grande cité de Grèce, avec la nôtre bien entendu, à refuser de courber l'échine devant Sparte. Et il semble que les Spartiates aient perdu patience...

Les Thébains m'ont détaillé comme s'ils admiraient une belle statue. Puis le plus âgé des deux, dont la barbe brune était parsemée de fils d'argent, s'est raclé la gorge.

– Un conflit a éclaté entre nos voisins locriens, de traditionnels alliés, et phocidiens, qui prêtent allégeance à Sparte, il m'a expliqué. Nous sommes allés soutenir les Locriens, mais en retour les Phocidiens ont dépêché des émissaires à Sparte pour les pousser à déclarer la guerre à Thèbes.

– Et vous pensez que les Spartiates vous la feront ? j'ai demandé.

– Ça ne fait aucun doute, jeune homme, puisque nous venons d'apprendre qu'ils étaient en train de lever une armée, a répondu le second Thébain. Pensez donc, c'était l'occasion que Lysandre attendait ! Lui et sa clique cherchent à briser Thèbes depuis que nous avons pris parti pour la démocratie athénienne face aux Trente.

– Il est donc normal que nous vous rendions la pareille, a clamé Thrasybule. Si Sparte vous déclare la guerre, revenez ici. Nous tâcherons de convaincre l'Assemblée des citoyens de vous apporter notre aide.

Malgré ses fanfaronnades, Thrasybule n'était pas un va-t-en-guerre. Quelque part, il sentait le conflit inévitable: il couvait de longue date et, au fond, tout le monde voulait en découdre. Les Spartiates contre les Thébains, les Athéniens contre les Spartiates. Mais il a d'abord tenté de voir si quelque chose de la paix pouvait être sauvé. Car nous dresser de nouveau contre Sparte, c'était jouer rien de moins que la survie de notre cité. Lysandre avait déjà permis, au prix d'une tyrannie sanglante, qu'Athènes ne soit pas rayée de la carte; cette fois, il n'aurait aucun remords à nous zigouiller jusqu'au dernier.

– Je voudrais que tu contactes ton ami, m'a demandé Thrasybule une fois les Thébains partis, afin que je sache dans quelles dispositions est le roi Pausanias.

J'ai compris qu'il parlait d'Étéoclès. Je n'avais pas eu de ses nouvelles depuis que je l'avais chassé de ma maison. À sa pensée, une bouffée de haine est montée en moi.

– Étéoclès et moi ne sommes plus amis, j'ai tranché.

J'ai senti que mon général allait se mettre en colère. Mais Phryné, qui était restée avec nous, lui a glissé « je te l'avais dit » et il s'est contenté de soupirer.

– Tu me contraries, Héraclios. Je pensais pouvoir compter sur toi.

– Je peux aller voir le roi Pausanias de ta part, si tu veux.

– Non. C'est trop dangereux dans ce contexte. Je vais envoyer un espion pour observer ce qui se passe à Sparte, mais je ne veux pas que ce soit toi. Je ne veux pas prendre le risque de te perdre maintenant. Tu es mon porte-bonheur sur le champ de bataille, et si nous devons combattre les Spartiates aux côtés des Thébains, tu devras être avec moi.

À ce moment-là, l'idée de la guerre m'apparaissait encore très vague et lointaine. Personne à Athènes n'était au courant de la venue des Thébains, à part une poignée d'intimes de Thrasybule. Mon général m'avait ordonné de garder le silence et je n'en avais même pas touché un mot à Thémis, Myrto et Androclès. En tout cas, je ne me sentais pas terrifié à cette perspective. Peut-être même qu'au fond, l'éventualité d'un conflit aiguillonnait un peu mon quotidien morose. Depuis que j'avais perdu Étéoclès, depuis que j'avais perdu Phryné, depuis que Thémis était rentré du service militaire sans trop savoir ce qu'il ferait de sa vie, je me sentais déprimé et sans perspective. Même les affaires de la cité ne parvenaient plus à me passionner. Les débats à l'Assemblée étaient assez stériles à cette époque, les antidémocrates bloquaient toujours les propositions un peu audacieuses de Thrasybule et de son parti, et des beaux parleurs sans idéaux se faisaient élire aux postes d'importance.

L'espion de Thrasybule n'a pas traîné. Il a confirmé que Pausanias, le roi de Sparte, était à Tégée, un point central dans le Péloponnèse, où convergeaient tous ses alliés. Son armée grossissait de jour en jour et il serait bientôt en mesure de marcher sur Thèbes.

Cette nouvelle nous a accablés. Dès le début, on s'était figuré que c'était la faction de Lysandre qui avait poussé à la guerre et qu'il prendrait la tête des opérations. C'était le Maître de la Grèce qu'on rêvait tous de voir tomber. Pas Pausanias, qui nous avait aidés à restaurer la démocratie à Athènes. Thrasybule s'est résolu à jouer franc jeu. Il a renvoyé son espion dans le Péloponnèse, cette fois pour approcher Pausanias et lui demander s'il était réellement disposé à faire la guerre à Thèbes.

– Si les magistrats de Sparte ont ordonné à

Pausanias de briser Thèbes, il devra obéir, non? j'ai demandé. Tout roi qu'il est?

– Oui, m'a dit Thrasybule. Pour ce qui est de la guerre, le roi obéit aux magistrats élus, la Constitution de Sparte est ainsi faite. Et les magistrats élus sont du parti de Lysandre... Mais si Pausanias n'a pas envie de se battre, je peux peut-être trouver un arrangement avec lui à l'insu des magistrats de Sparte. Nous ferons mine de tenir son armée en échec, il se retirera et nous éviterons un bain de sang.

Thrasybule a marqué une pause, un pli soucieux sur le front.

– Je me demande pourquoi Lysandre n'a pas pris la tête des troupes... Peut-être est-il souffrant? Il ne doit plus être tout jeune...

Mais je savais que la raison était autre. Je n'imaginais pas le Maître de la Grèce vaincu par l'âge ou par la maladie comme le commun des mortels.

– Thèbes est à l'intérieur des terres, non? j'ai demandé.

– Oui.

– Alors Lysandre ne pourra pas se servir de sa flotte.

– Non. Mais il est réputé pour être aussi bon tacticien sur terre que sur mer. C'est un dieu vivant, n'est-ce pas? a ajouté Thrasybule d'un ton ironique.

Je venais de repenser au secret de Lysandre que m'avait confié Étéoclès. Cet oracle qu'il avait reçu à Delphes et qui lui faisait redouter le combat sur la terre. Même deux ans après, je m'en souvenais mot pour mot: « Prends garde au soldat brillant et au dragon rusé qui marche dans son ombre. » J'ai eu envie d'en parler à Thrasybule, mais, pour une raison que je ne saurais pas bien expliquer, je me suis ravisé.

La déclaration de guerre de Sparte à Thèbes ne s'est pas fait attendre et elle s'est répandue dans toute la Grèce comme une nuée de sauterelles. La nouvelle a enflammé Athènes: nous n'étions encore alors qu'une poignée à savoir que les tensions entre les deux cités avaient atteint un point de non-retour et que Thèbes nous priait d'intervenir à ses côtés. Un élan de sympathie pour les Thébains a parcouru la ville. Des voix se sont spontanément élevées pour qu'on vienne en aide à la cité de Béotie, peu importait qu'on n'ait plus ni flotte ni murailles. Thémis et Androclès comptaient parmi les plus fervents partisans d'une nouvelle guerre contre Sparte. « C'est peut-être l'occasion de leur rabattre le caquet une bonne fois pour toutes », répétait Androclès. « Et de montrer à la Grèce qu'ils ne sont que des tocards », renchérissait Thémis.

Il se lançait alors dans une imitation de l'accent de Lacédémone, la région de Sparte, qui passait à Athènes pour un pays de rustres et d'arriérés. On se consolait comme on pouvait.

Myrto, elle, était plus réservée. Je la trouvais beaucoup moins tête brûlée depuis la naissance de ma nièce. « Et si on perd ? » elle répétait. On la traitait de défaitiste, mais au fond, on savait qu'elle avait raison de s'inquiéter. En intervenant, on risquait gros. L'armée de Sparte était de loin la plus puissante de toute la Grèce. Thèbes avait beau être une cité prospère, elle n'avait pas une grande influence sur le monde grec et aucune réserve de soldats hormis les siens, ses alliés de Locride et, si nous votions la guerre, une Athènes affaiblie. Dans ce combat, nous ne serions pas favoris. Et si nous perdions, Lysandre n'aurait aucun scrupule à raser Athènes... C'est pourquoi les citoyens étaient partagés entre l'envie d'y aller et la volonté de rester neutres. Sans même parler des pro-Spartiates qui militaient ouvertement contre notre entrée en guerre. Les débats enflammaient l'agora jusqu'à la tombée du jour.

C'est dans ce contexte que les deux envoyés de Thèbes sont revenus. Comme il le leur avait promis, Thrasybule a immédiatement demandé une session extraordinaire de l'Assemblée. La colline de la Pnyx était noire de monde pour les écouter.

Les Thébains savaient que rien n'était décidé, alors ils ont joué sur la corde sensible.

– Nous sommes sûrs, Athéniens, que vous n'avez qu'une ambition, a commencé le plus âgé des deux envoyés. Retrouver votre grandeur passée. Et le meilleur moyen d'y arriver n'est-il pas de prendre la défense d'une cité opprimée par Sparte ? Les ennemis des Spartiates sont nombreux, mais ils n'osent rien faire car ils craignent les représailles. Cependant, s'ils vous voient nous porter secours, ils loueront votre courage et suivront votre exemple.

Et puis il y avait la liberté, a poursuivi le Thébain. Athènes avait regagné la sienne en se révoltant contre le gouvernement tyrannique que Lysandre lui avait imposé ; l'occasion lui était à présent donnée, au nom des valeurs qu'elle prônait, de faire chuter tous les autres tyrans qu'il avait placés dans le monde grec.

– Assez du joug que Sparte impose à la Grèce ! il s'est écrié. Notre triomphe marquera le début d'une grande révolte ! Toutes les victimes de l'injustice se rallieront à nous et nous finirons par briser cette atmosphère de terreur qui règne depuis votre défaite à Aïgos Potamos !

Son discours m'a saisi d'émotion. Je pense que d'autres hommes aussi, parce qu'une vague d'applaudissements a parcouru la foule. Enfin quelqu'un qui, sans être d'Athènes, dénonçait à voix haute l'oppression de Lysandre sur la Grèce et louait les valeurs de notre cité ! Thémis, qui venait tout juste d'intégrer le corps citoyen, a rugi d'enthousiasme. Des huées se sont élevées aussi, moins nombreuses, du camp des antidémocrates. Je savais que l'un des leurs n'allait pas tarder à contre-attaquer, à rappeler que nous avions signé la paix avec Sparte dix ans plus tôt, que nous n'avions pas à nous mêler d'un conflit qui ne nous regardait pas et que, de toute façon, se dresser contre les Spartiates alors que nous n'avions plus de murailles était une folie. C'est ce qui s'est passé, et j'ai eu peur que l'orateur ne renverse l'opinion. Mais Thrasybule a pris la parole après lui.

– Certains pensent que ce conflit ne nous intéresse pas, il a tonné. Mais sans les Thébains, nous ne serions pas ici à débattre comme des hommes libres. Nous serions, au choix, les esclaves des Trente ou les hôtes d'Hadès* ! Seuls parmi les autres peuples, les Thébains ont ouvert leurs portes aux victimes et aux opposants des Trente. Seuls parmi les autres peuples, ils ont fourni à mon armée des vivres et des armes. Certains me rétorqueront qu'ils ne nous ont pas fourni d'hommes. Mais ils nous ont suffisamment

* Le dieu des Morts, qui règne sur les Enfers.

aidés pour que Sparte veuille le leur faire payer. Il me semble normal de les payer de retour, et même davantage en combattant à leurs côtés, puisque nous autres, Athéniens, sommes connus pour notre grandeur d'âme !

En bon chef de guerre, Thrasybule savait haranguer les foules. Les hommes qui votaient étaient aussi ses soldats. À la fin de son discours, une acclamation a parcouru les rangs. Lorsque le secours aux Thébains a été mis au vote, une forêt de bras s'est dressée.

La guerre. Cette fois, on y était.

Thémis avait des étoiles dans les yeux. Par son vote, le peuple d'Athènes lui permettait de prendre sur le champ de bataille la revanche qu'il ne pourrait pas avoir sur la piste d'athlétisme. J'aurais préféré qu'il en soit autrement, qu'il lutte pour la victoire sans faire couler le sang, mais ce n'était pas le destin que les dieux lui avaient réservé. Il avait accompli son service militaire, appris à manier la lance et à manœuvrer en phalange, et il pouvait à présent mettre son apprentissage en pratique.

Myrto, elle, nous menaçait.

– L'avenir de ma fille dépend de vous. Alors si vous rentrez sans la victoire, je vous jure que je vous zigouillerai avant que les Spartiates nous massacrent tous, entendu ?

Elle enrageait aussi que les femmes ne puissent pas aller *dérouiller du Spartiate* avec les gars de la cité, et soulevait sa petite Clio en répétant :

– J'espère que toi, t'auras pas à voir ton mec partir à la guerre et à rester là comme une idiote à t'inquiéter.

La petite, avec sa mine adorable, battait des paupières en souriant sans comprendre. Ma sœur avait raison : Clio méritait qu'on revienne avec, pour elle, un avenir sans péril.

On m'attendait au seuil de l'armurerie. J'étais resté tard, ce soir-là, pour essayer des boucliers et choisir celui que je prendrais en campagne. Le crépuscule était tombé, c'est pourquoi je n'ai pas distingué l'homme en sortant. Dès que j'ai franchi la porte, il m'a tiré par le bras et m'a ordonné de le conduire chez Thrasybule. Je ne l'aurais pas reconnu si je n'avais pas immédiatement identifié sa voix : il portait un manteau de voyage et pouvait passer pour n'importe quel étranger de passage à Athènes. Il cachait sa chevelure longue, caractéristique des hommes de Sparte, dans les plis de son manteau. C'était Étéoclès.

Je ne pouvais pas lui résister. Je savais qu'avec sa force il pouvait me briser le bras. De mauvaise grâce, je l'ai conduit chez Thrasybule. Pendant le trajet, je ne lui ai pas lâché un mot ni adressé un regard. À présent, nous ne nous contentions plus d'être d'anciens amis fâchés : nos deux cités étaient en guerre, nous étions des ennemis. Et quelque part, ça simplifiait les choses.

Nous avons tiré Thrasybule de son dîner. Il a reconnu mon « ami spartiate » et l'a salué avec circonspection.

– C'est le roi Pausanias qui t'envoie ? il lui a demandé avec raideur.

– Lui-même, a répondu Étéoclès. Je n'ai pas beaucoup de temps, général, alors je vais aller droit au but.

Thrasybule ne l'a pas invité à s'asseoir. Il s'est contenté de le toiser de sa haute stature, tout en me faisant signe de rester près de lui.

– Pour répondre à la question que tu lui as posée, Pausanias n'était pas des plus favorables à cette guerre contre Thèbes, mais il obéit aux ordres de nos magistrats. Et tu dois te douter qu'il ne sera pas seul à la tête de l'armée. Lysandre conduira nos forces avec lui.

Je n'ai pas pu retenir un cri de surprise. Étéoclès a tourné la tête vers moi et je l'ai défié du regard.

– Lysandre a été envoyé au nord de Thèbes, en Phocide, avec une escouade d'élite et l'ordre de lever une armée sur place, il a poursuivi. Pausanias doit le rejoindre par le sud avec le gros de l'armée. Lysandre lui spécifiera où et quand, lorsque ses troupes seront suffisamment importantes. Mais, comme je te l'ai dit, Pausanias n'a aucune envie de se battre. Alors il trouvera une excuse pour traîner. Lysandre finira soit par se retirer, soit par attaquer. Dans ce cas, c'est à ce moment qu'il vous faudra frapper.

Thrasybule a hoché la tête sans rien dire. Puis il a invité Étéoclès à s'asseoir : celui-ci lui avait donné suffisamment de gages d'amitié. Mais le Spartiate n'a pas bougé.

– Je ne peux pas m'attarder. Pausanias m'a envoyé rejoindre Lysandre. Officiellement comme agent de liaison, officieusement pour le surveiller. Ainsi, je devrais pouvoir te faire savoir en temps utile ses mouvements et le point de rencontre prévu.

Il s'est enroulé dans son manteau et a regagné la porte. Sur le seuil, il a eu un temps d'arrêt.

– Évidemment, cette conversation n'a jamais eu lieu.

Puis il s'est tourné vers moi.

– Puissent les dieux te garder en vie, Héraclios.

Je n'ai pas eu le temps de répondre que les ténèbres l'avaient déjà englouti.

Une fois la guerre votée, la mobilisation des troupes n'a pas traîné. Thrasybule voulait être à Thèbes au plus vite. Il avait déjà envoyé un émissaire aux Thébains pour les informer du plan de bataille de l'ennemi que lui avait fourni Étéoclès.

– Méfie-toi de lui, je lui ai conseillé.

– Mais enfin, Héraclios, tu ne jurais que par Étéoclès pendant l'insurrection contre les Trente, alors que je doutais de lui. Et tu avais raison ! C'est lui qui avait persuadé le roi Pausanias d'intervenir à nos côtés contre Lysandre. Pourquoi, par Zeus, je ne devrais plus lui faire confiance aujourd'hui ?

Je n'avais pas raconté à Thrasybule la raison de ma brouille avec Étéoclès, et je n'avais pas envie d'entrer dans de longues explications qu'il n'aurait pas forcément eu la patience d'écouter. Heureusement, Phryné a volé à mon secours.

– Étéoclès avait caché des choses à Héraclios, elle a dit.

En entendant sa chère et tendre, Thrasybule s'est radouci.

– Il n'a pas été proche que de Pausanias, elle a ajouté. Il a aussi été proche de Lysandre. Mais ça, il ne l'a avoué à Héraclios que récemment.

Thrasybule a haussé un sourcil contrarié.

– Mais c'était avant l'insurrection contre les Trente, a remarqué Phryné. Je pense qu'il est fiable, maintenant. La preuve, il sait que c'est moi qui ai percé le complot de Lysandre à Delphes et je suis encore en vie.

– Alors nous lui ferons confiance, a tranché Thrasybule.

Depuis que Phryné était sa compagne, mon général n'écoutait personne comme elle. Il était d'ailleurs rare qu'il donne une réception sans qu'elle soit dans les parages. C'était un sujet de plaisanterie dans Athènes, mais Thrasybule n'y accordait aucune importance, et il avait bien raison. Connaissant Phryné, je savais qu'il disposait d'un atout dont il aurait eu tort de se priver. C'était un homme brillant mais emporté, et je pense que Crapaud savait apaiser ses pulsions et lui apporter du recul.

Le jour de notre départ, Lysias était présent à mes côtés pour les derniers préparatifs. Il nous fournissait, à Thémis et à moi, un équipement complet de fantassin, et cédait à chacun de nous deux esclaves thraces de la manufacture pour porter notre paquetage. Ainsi, nous ne garderions avec nous, sur notre route vers Thèbes, que notre lance et notre épée.

– Prends soin de toi, Héraclios, il a soupiré. Je sais bien que je ne suis pas ton père et que je ne le serai jamais, mais je ne peux pas m'empêcher de m'inquiéter pour toi comme si tu étais mon fils.

J'ai eu du mal à retenir mes larmes. Je suis tombé dans ses bras.

– Merci, Lysias. Merci d'être pour moi le père que je n'ai plus.

– Et prends soin de Thémis. Revenez en forme, les garçons.

Les adieux ont été éprouvants. Ce n'était pas du tout la même chose que lorsque nous étions partis pour Aïgos Potamos. À l'époque, j'avais quitté Athènes en fanfaronnant, heureux à la perspective d'en découdre. Aujourd'hui, j'avais l'expérience de ceux qui savent que la guerre, c'est d'abord l'incertitude de revoir ceux qu'on laisse derrière, de rentrer avec ses compagnons ou de les laisser sur le champ de bataille, de revenir victorieux ou de finir vaincu, honteux, asservi. Il y avait à la fois tant à gagner et tant à perdre.

Myrto m'a rendu visite avec la petite Clio. Le visage de ma nièce s'est illuminé quand je l'ai prise dans mes bras et hissée en l'air en lui jurant qu'elle grandirait dans un monde sans peur. Elle avait les yeux pers, la couleur de ceux d'Athéna la Sage. Je savais que si la déesse veillait sur moi, elle la protégeait aussi.

– C'est ça, a lâché ma sœur. Tuez-moi cet enfoiré de Lysandre et qu'on n'en parle plus.

– Bien résumé, j'ai dit.

On a ri. On chialait en même temps.

Puis c'est Phryné qui est venue me voir au Pirée. Je crois que c'était la première fois qu'elle remettait les pieds dans le quartier depuis qu'elle avait franchi le seuil de la villa de Thrasybule. Je m'apprêtais à la prendre dans mes bras pour lui faire mes adieux quand elle a arrêté mon geste.

– Je vous accompagne à Thèbes, Héraclios.

– Quoi ?

– Thrasybule a peur de me laisser seule. Peut-être que les hommes de Lysandre sont toujours à mes trousses.

– Je crois surtout que Thrasybule ne peut pas se passer de toi, j'ai plaisanté. Lysandre sera bien trop occupé à faire la guerre aux Thébains pour te chercher !

– On dit qu'il a des yeux et des oreilles partout, a rétorqué Phryné. Et puis moi aussi, je me sens plus en sécurité quand je suis près de Thrasybule.

– Évidemment, j'ai bougonné.

– Fais pas ton grognon, Héraclios. J'aurais pu dire la même chose de toi, mais il se trouve que tu pars avec lui. Et je suis heureuse de vous savoir près de moi, tous les deux.

J'ai observé Phryné, la superbe femme qu'elle était devenue. Elle n'avait plus grand-chose de la fille de la rue que j'avais connue, gouailleuse et teigneuse. J'en ai été ému. J'éprouvais encore pour elle des sentiments que je n'accordais à personne d'autre, surtout depuis qu'Étéoclès m'avait trahi, et j'espérais que son cœur gardait une place pour moi. Elle a dû le sentir, parce qu'elle m'a serré contre elle.

– Moi aussi, Phryné, j'ai avoué. Je suis heureux de te savoir près de moi.

Thrasybule a rassemblé ses hommes au pied de l'Acropole et nous avons gravi les portes sacrées au son de la flûte. Non sans émotion : la dernière fois qu'il nous avait menés ici, c'était lorsqu'on avait libéré Athènes des Trente. On avait tous pris quelques années, mais le moment était si intense qu'il restait vivace dans nos esprits. Et puis c'était la première fois que les Athéniens repartaient en campagne depuis. Signe que nous avions regagné un peu de notre puissance perdue.

Thrasybule a honoré la déesse de la Victoire et, avant notre départ, nous avons partagé la viande des sacrifices. Une atmosphère d'allégresse régnait parmi la troupe. Les plats de pièces de bœuf grillées passaient de main en main, le vin coulait des amphores aux coupes puis des coupes aux gosiers. Mon cousin Thémis, son ami Alexios et mon beau-frère Androclès ont passé le banquet à plaisanter. Moi, j'étais ailleurs, perdu dans mes pensées.

Depuis quelques jours, mes vieux cauchemars s'intensifiaient. Je retournais encore et encore sur la plage d'Aïgos Potamos. Transi de peur dans mon fourré, je voyais Lysandre descendre de son vaisseau. Il s'avançait droit vers moi, comme si ses yeux perçaient la végétation, et me débusquait de la même manière qu'il avait surpris Phryné à Delphes. Ses traits étaient déformés par la fureur, la lame d'un couteau brillait dans sa main. Alors je m'éveillais en sueur, le cœur battant. Mais, bizarrement, je n'étais plus terrifié au réveil.

Je réalisais enfin ce que cette guerre signifiait. Nous allions partir nous battre aux côtés des Thébains contre les troupes de Lysandre. Sur terre, pas sur cette mer qui avait consacré son triomphe et causé notre perte. Sur cette terre qu'il redoutait en secret. La peur avait peut-être changé de camp. Après tout, le Maître de la Grèce n'était qu'un homme, un homme qui craignait de mourir en emportant avec lui son empire. Tandis que moi, je ne tremblais pas à l'idée de tomber en luttant contre l'oppression. Car je savais que, derrière moi, d'autres hommes ramasseraient mes armes et poursuivraient le combat.

7.

Thrasybule nous a fait franchir les portes de Thèbes en rang et en musique. Il voulait l'instant solennel. Notre général aimait la solennité, et il avait le don d'en empreindre les discours et les moments. Je savais pourquoi : c'étaient eux que la mémoire fixait, puis que la postérité retenait.

Une foule chamarrée était massée le long des rues pour nous acclamer. On jetait des fleurs à notre passage, on nous tendait de l'eau, des olives, des galettes d'orge. « Vive les Athéniens ! », ça criait. « Vive Thrasybule ! » et même, de temps à autre : « Vive la démocratie ! » j'en ai eu des frissons. Delphes et l'euphorie fanatique pour le Maître de la Grèce étaient loin... La majestueuse Thèbes, dont l'opulence m'avait ébahi la première fois que j'en avais passé les portes, accueillait les Athéniens en héros.

Les magistrats de la ville sont venus à notre rencontre. La noblesse transpirait de leur allure. Celui qui était au centre, qui était aussi le plus jeune – il avait moins de quarante ans – a eu un grand sourire à la vue de Thrasybule. Ils sont tombés dans les bras l'un de l'autre, puis Thrasybule s'est tourné vers moi.

– Tu connais Isménias, Héraclios ?

J'ai dévisagé le Thébain, un homme à la barbe courte et aux yeux intelligents, pas désagréable à regarder. Une nouvelle fois, j'avais honte de mon ignorance.

– Isménias est l'artisan de la démocratie à Thèbes. C'est grâce à lui que nos deux cités sont amies. C'est lui qui a ouvert les portes de la ville aux opprimés des Trente.

Le magistrat m'a souri et a aussitôt demandé à Thrasybule qui était « ce magnifique jeune homme ».

– Héraclios est mon aide de camp, a répondu mon général en posant une main sur mon épaule. Et le soldat le plus valeureux de mon armée.

– Chanceux ! il a commenté avec un clin d'œil pour Thrasybule, se figurant sans doute que j'étais son amant.

Isménias nous a à tous souhaité la bienvenue, puis il nous a invités à dresser notre camp sur ce qu'il a appelé « la Cadmée ». Je me suis rappelé qu'il s'agissait de l'acropole de Thèbes, la place sacrée de la ville. Dans mon souvenir, elle était moins élevée que celle d'Athènes et de forme ovale. Quand les soldats ont commencé à se disperser, le Thébain a convié Thrasybule chez lui et m'a également fait signe de le suivre.

– C'est curieux comme les gens changent, m'a glissé mon général sur le chemin. Avant qu'Isménias ne prenne le pouvoir à Thèbes, cette cité était l'une des plus fidèles alliées de Sparte. On dit même que les Thébains ont supplié Lysandre de raser Athènes. Et puis, pendant la tyrannie des Trente, Isménias a hissé le parti démocratique au pouvoir. Et d'un jour à l'autre, Thèbes a accueilli les Athéniens opprimés. Tu te souviens, Héraclios ? C'est ici que nous nous sommes rencontrés !

Je me souvenais. Je fuyais Le Pirée avec Myrto, Phryné et Thémis. Terrorisés pour tous les amis que nous laissions derrière, pour tous les Athéniens et les métèques, les étrangers qui ont droit de cité à Athènes, férocement malmenés par les tyrans. C'est sur le chemin de Thèbes que j'avais rencontré Lysias. Les Trente venaient de tuer son frère pour s'emparer de leur manufacture, mais il était parvenu à s'enfuir en emportant avec lui de nombreuses armes. C'est lui qui m'avait présenté à Thrasybule. Et ce dernier m'avait accueilli comme un sauveur. Car, la nuit précédant notre rencontre, il avait fait un songe où il avait vu un jeune homme aux côtés d'Athéna, et il était persuadé que c'était moi.

La villa d'Isménias égalait en faste celle de Diagoras, le grand prêtre d'Apollon chez qui Lysias et moi avions séjourné à Delphes. Pour autant, les manières de notre hôte étaient simples. Il avait également convié quelques proches. L'un d'eux a immédiatement attiré mon attention : il était plus jeune que moi encore, mais son assurance et son aura étaient telles qu'il semblait déjà s'imposer comme un chef de guerre. Il était beau, vigoureux et de toute évidence noble ; en d'autres termes, béni des dieux.

– Voilà le plus valeureux soldat de *mes* troupes, a commenté Isménias en le désignant, avec un clin d'œil pour Thrasybule et moi. Et le plus généreux des Thébains. Enfin, je pourrais passer la journée à couvrir Pélopidas de superlatifs.

Pélopidas a détourné modestement le regard, mais il n'avait pas l'air du genre à s'émouvoir des compliments, auxquels il semblait habitué. Pour ma part, je me suis senti rougir quand il m'a détaillé en demandant :

– Et toi, qui es-tu, fils d'Apollon ?

– Hé… Héraclios, j'ai bafouillé. L'aide de camp de Thrasybule.

Pélopidas m'a souri et j'ai été étonné de n'y déceler ni sarcasme ni arrogance, mais une marque de sympathie.

– J'ai des informations importantes, a déclaré Thrasybule une fois que nous avons tous pris place sur les banquettes de la salle de réception d'Isménias.

Et il a relaté aux Thébains les informations que nous avait transmises Étéoclès.

– Ton mouchard spartiate, il est fiable ? a demandé Isménias quand il a eu terminé. Ce n'est pas dans les coutumes des Spartiates de trahir leur cité…

– Je le sais fidèle au roi Pausanias, a répondu Thrasybule. Qui cherche depuis des années à réfréner la puissance de Lysandre.

J'ai eu une moue sceptique que certains, dont Pélopidas, ont remarquée.

– Tu ne sembles pas d'accord, il m'a soufflé.

– On ne connaît jamais vraiment les gens, j'ai vaguement répondu.

– En tout cas, a noté Isménias, les informations de votre mouchard recoupent les nouvelles que nous ont rapportées nos éclaireurs. À savoir que Lysandre est en Phocide et qu'il recrute à tour de bras. Il ne devrait pas tarder à marcher sur la Béotie.

– Dans ce cas, nous ne devrions pas tarder non plus à avoir des nouvelles d'Étéoclès, a conclu Thrasybule.

La réunion finie, j'ai laissé Thrasybule avec Isménias et je suis allé retrouver Thémis, Alexios et Androclès, qui avaient planté la tente sur la Cadmée. La place était si vaste que le campement des Athéniens y logeait aisément, éparpillé autour des temples et des statues. C'est là que nous nous étions entassés, avec les autres réfugiés d'Athènes, lorsque nous avions fui la tyrannie des Trente. Thémis se le rappelait lui aussi : de tels souvenirs marquent d'autant plus quand on les vit à hauteur d'enfant. À présent, il était surexcité.

– J'ai hâte qu'ils attaquent ! Tu vas voir ce qu'on va leur mettre, à ces enfoirés de Spartiates !

– Ne t'enflamme pas trop, je lui ai dit. Nous resterons sans doute en couverture des Thébains. Ce sont eux qui iront soutenir l'assaut contre les Spartiates.

– Quoi ? a hurlé mon cousin. Ils nous demandent de les aider et *en plus* ils prennent le meilleur rôle ?

– Ça semble logique, Thémis, est intervenu Alexios. Ce sont eux qui nous ont mis dans ce merdier. Ils ne vont pas *en plus* nous faire courir le danger à leur place.

– Ils ne veulent pas qu'on s'attribue la gloire avec eux, oui !

– Et si on descendait en ville ? j'ai proposé pour couper court à la discussion.

On s'est mis en route sous les grommellements de

Thémis. L'insouciance de mon cousin me touchait. Je me disais qu'il serait courageux au combat, qu'il ne se laisserait pas démonter. Peut-être serait-il meilleur soldat encore qu'il n'avait été athlète.

Nous nous sommes fondus dans la foule qui parcourait les rues de Thèbes. On ne se sentait vraiment pas à l'aube d'une guerre. Le crépuscule tombait doucement, les voix des badauds s'élevaient dans le ciel rose. J'étais bien. Isménias m'avait ouvert les bains de sa villa et offert des vêtements propres; c'était agréable, même si je devais subir les moqueries de mon cousin et de mon beau-frère (ils me surnommaient «l'aristo» et m'imitaient avec des mimiques précieuses). Comme les autres soldats, Thémis, Androclès et Alexios n'avaient pu que se débarbouiller et passer des frusques de rechange, certes moins baignées de sueur, mais tout aussi imprégnées de la poussière du voyage.

On en était là, à se chambrer, à chercher une taverne où Thémis et Alexios espéraient rencontrer des filles, quand une rumeur a enflé. Dans un roulement de tonnerre, un cavalier a fendu la foule en criant. J'ai saisi une bribe de phrase: «... est tombée!». Autour de nous, les passants s'étaient figés. Je me suis tourné vers l'un d'eux, un homme sec à la barbe hirsute.

– Qu'est-ce qu'il a dit?

– Orchomène est tombée, il a assené d'une voix d'outre-tombe.

J'ai compris qu'il s'agissait d'une cité, mais ce nom ne m'était pas familier.

– On n'est pas d'ici. Où est Orchomène ?

Mais l'homme ne m'écoutait plus. Il était tombé à genoux et s'était mis à professer, les mains vers le ciel :

– Malheur à nous ! La malédiction d'Oreste est sur Thèbes ! Prions les dieux pour nous éviter la ruine !

– Orchomène est la plus importante cité de la région après Thèbes, m'a répondu un autre badaud. À une journée de marche d'ici.

– Ce qui veut dire…

– Que les Spartiates sont tout près, a complété l'homme.

Je me suis tourné vers mes compagnons.

– Le cavalier va sans doute prévenir Isménias. Allons à sa villa pour en savoir plus !

– *Tu* vas à sa villa, a corrigé Androclès. On n'a pas nos entrées, nous.

Contrairement aux Thébains, Thémis et lui ne semblaient pas ébranlés par la nouvelle. Au contraire : ils savaient que l'heure d'en découdre approchait. Seul Alexios m'envoyait des regards inquiets.

– Bon, vous faites ce que vous voulez, mais moi j'y vais, j'ai grommelé.

– Tu penses bien qu'on va quand même

t'accompagner, a ri Androclès. Mais je te parie une chouette* qu'on va se faire refouler, nous trois!

Nous avons mis du temps à gagner la villa d'Isménias, parce que je n'étais pas certain de l'itinéraire et qu'on a dû rebrousser chemin deux fois. Lorsqu'on est arrivés, la nuit tombait et les hautes portes qui donnaient sur la cour étaient closes.

– Bien joué, capitaine! m'a lancé Androclès d'un ton moqueur.

Thémis et lui ont pouffé. Leur désinvolture et leurs railleries commençaient à me courir sur le haricot, mais je n'ai rien dit. Nous nous apprêtions à repartir vers la Cadmée quand les panneaux de bois ont bougé. Une silhouette s'est glissée à l'extérieur, tirant un cheval par la bride. J'ai compris qu'il s'agissait de la monture du messager, qui avait dû patienter dans la cour de la maison et qu'un esclave menait dans une dépendance pour la nuit.

– Bon, en fait t'avais raison! a reconnu Androclès, et il s'est rué sur les portes que l'esclave avait laissées entrouvertes.

– Par Athéna, j'ai grondé, on n'entre pas chez les gens comme ça!

---

* Un drachme. À Athènes, de nombreuses pièces de monnaie étaient frappées d'une chouette, emblème de la cité (et de la déesse Athéna).

Mais mon beau-frère avait déjà passé le seuil, poussant un bruyant cri d'extase à la vue de la cour intérieure de la villa.

– Par Zeus, t'es vraiment devenu un mec de la haute pour fréquenter des lieux comme ça ! Visez-moi cette fontaine !

– Qui va là ? a tonné une voix.

Une silhouette s'avançait vers nous. À la flamme de sa torche, j'ai reconnu le jeune Pélopidas.

– C'est moi, Héraclios. Le... L'aide de camp de Thrasybule. Mes amis et moi, on a vu passer un messager à cheval qui criait : « Orchomène est tombée ! » Je me suis douté qu'il viendrait ici et j'ai proposé à mes amis de venir aux nouvelles.

Un sourire, vacillant à la lueur de la flamme, s'est fendu sur le visage du jeune officier.

– Tu as bien fait, Héraclios, il a dit avec douceur. Suivez-moi, tous les quatre. Cet homme à cheval est un éclaireur de notre armée.

Thémis et Androclès se sont regardés, ahuris, et Thémis a bourré les côtes de mon beau-frère en me désignant du menton.

– Tu lui dois une chouette, il lui a glissé.

Androclès a lâché un juron.

– Par Athéna, un peu de tenue ! l'a rabroué mon cousin en m'imitant.

Ils se sont gondolés, et ne sont redevenus sérieux

que lorsque nous avons franchi le seuil de la salle de réception.

Il faut dire que rien ne prêtait à sourire. On n'entendait que le crépitement des flammes qui brûlaient dans les torches accrochées au mur. Et dans la pénombre orangée, les visages étaient graves.

– Héraclios et ses compagnons ont entendu dire qu'Orchomène était tombée, a commenté Pélopidas.

Isménias s'est levé et nous a invités à nous asseoir. Nous nous sommes serrés à quatre sur une banquette. Parmi les hommes installés autour de nous, j'ai reconnu le cavalier, toujours enroulé dans son manteau de voyage.

– Orchomène n'est pas tombée, a rectifié Isménias. Orchomène, qui était notre alliée, nous a trahis. Elle a ouvert ses portes à Lysandre et s'est ralliée à Sparte.

– Elle n'avait peut-être pas le choix, j'ai fait remarquer. Je veux dire, Lysandre a sans doute menacé les habitants de les assiéger et de raser leur ville, non ?

Je me souvenais du siège terrible que Lysandre avait imposé à Athènes après sa victoire à Aïgos Potamos. Nous avions tenu un hiver de famine avant de capituler. Le simple souvenir de la faim me brûlait les entrailles.

L'éclaireur a secoué la tête.

– Orchomène l'a rejoint de son plein gré. Je le sais, j'y étais.

– Comment ça s'est passé ?

Les regards se sont tournés vers Alexios, qui est devenu rose comme une pivoine. Sa curiosité l'avait emporté sur sa timidité et, à présent, il semblait n'avoir qu'une envie : se recroqueviller sous une banquette et se faire oublier. Mais l'éclaireur ne s'en est pas formalisé.

– Toute la cité était massée derrière les portes pour accueillir Lysandre, il a raconté. Ils sont entrés, lui et sa garde, dans un silence de mort. La foule avait l'air à la fois terrifiée et fascinée. L'attitude qu'on aurait si un dieu descendait sur Terre, j'imagine… Il n'a pas eu beaucoup d'efforts à déployer pour convaincre la cité. Il n'a même pas usé de menaces ! Et une fois que les citoyens ont voté pour rallier Sparte, la ville l'a acclamé en héros.

L'éclaireur a fait une pause.

– Personnellement, je n'avais jamais vu un tel spectacle. C'est assez… terrifiant de voir un homme exercer sur les gens une telle fascination.

Le lendemain, Isménias a rassemblé ses troupes sur la Cadmée. Les préparatifs se sont faits dans le calme. En ville, la panique était retombée. De voir leurs hommes si flamboyants dans leur uniforme, ça a remis du baume au cœur à la population. Il faut dire qu'ils avaient de la gueule, les Thébains en armes. On voyait que ce n'était pas une armée de pacotille. J'ignorais à quoi ressemblaient les forces de Lysandre, mais si le roi Pausanias les laissait combattre toutes seules, nous avions peut-être nos chances.

– Les Athéniens aussi savent faire la guerre, a grommelé Thémis, toujours vexé de jouer l'arrière-garde.

– Avec un peu de chance, les Spartiates seront suffisamment forts pour qu'on finisse par entrer dans la bataille, j'ai ironisé.

J'ai été le premier à apercevoir le soldat. Ce devait être l'un des guetteurs plantés sur les remparts de Thèbes, car il arrivait des portes de la ville. Le voir courir, gêné dans ses mouvements par son armure, avait quelque chose de comique. Mais je n'ai pas souri. Je savais que s'il se hâtait, c'était qu'il avait quelque chose d'urgent à annoncer, et en temps de guerre l'urgence a rarement à voir avec les bonnes nouvelles. Thrasybule ne se trouvait pas loin de moi, je l'ai saisi par le bras et le lui ai désigné. Il a hélé Isménias, qui a quitté le rang pour nous rejoindre tandis que le garde, essoufflé, s'arrêtait devant nous.

– Des civils sont aux portes de la ville ! Ils disent

qu'ils sont de Lébadée et que leur cité a été ravagée. Ils supplient qu'on leur ouvre. Depuis les remparts, on les voit arriver par dizaines.

– Par Athéna, a soufflé Isménias.

Il a fait signe à deux ou trois de ses proches, dont Pélopidas, qui l'ont aussitôt rejoint.

– On va aux remparts, il a simplement dit, en englobant Thrasybule et moi.

– Je connais le nom de Lébadée, j'ai indiqué. C'est sur la route entre Athènes et Delphes, non ?

J'étais presque sûr d'y avoir fait halte, lorsque j'avais voyagé avec Lysias pour assister aux Jeux pythiques où concourait Thémis. Dans mon souvenir, une petite bourgade tranquille au flanc d'une montagne.

– Exact, a répondu Isménias. Et ce n'est pas loin d'Orchomène. Lébadée a dû refuser de se soumettre et les troupes de Lysandre l'ont mangée toute crue.

– Lébadée est aussi l'avant-dernière cité fortifiée avant Thèbes, a remarqué Pélopidas.

– C'est quoi, la dernière ? j'ai demandé.

– Haliarte, a répondu Pélopidas. À environ quatre heures de marche d'ici.

Nous nous sommes hissés sur les murailles. Une vingtaine d'exilés, hommes, femmes et enfants, étaient massés devant les portes. En nous apercevant, ils nous ont interpellés. À l'horizon, comme le garde nous l'avait indiqué, des nuages de poussière annonçaient l'arrivée d'autres voyageurs.

– Vous êtes de Lébadée ? a crié Isménias.

– Oui, a répondu un homme dont la voix tremblait. Par pitié, ouvrez-nous ! On n'a nulle part où aller…

– Combien d'autres personnes arrivent derrière vous ?

– Aucune idée, a répondu l'homme. Les chanceux ont fui. Certains ont dû se réfugier à Haliarte. Les autres…

Il a passé son index sur sa gorge dans un geste sans équivoque.

– Tu crois que c'est un piège ? a demandé Pélopidas à Isménias. Que quand nous ouvrirons les portes, les fantassins de Lysandre surgiront de nulle part et entreront dans Thèbes ?

– Je ne pense pas, a répondu Isménias. Sur cette plaine, la vue est trop dégagée pour que nous ne les ayons pas repérés… Mais méfions-nous. On dit que Lysandre conjugue la force du lion et la ruse du renard. Faisons venir la troupe ici avant d'ouvrir les portes.

Lorsque les hauts panneaux se sont écartés, une dizaine d'autres exilés avaient eu le temps de rejoindre ceux qui les précédaient. À la vue des hommes casqués et armés, le groupe s'est instinctivement resserré. Les traits étaient tirés, les yeux brillants et hagards. Dans les bras d'une femme échevelée, un petit enfant hurlait de frayeur, de faim ou de fatigue.

– Reculez et baissez vos armes ! a ordonné Isménias à ses soldats.

Il s'est approché des nouveaux venus et a pris les mains de l'homme qui, d'en bas, nous avait suppliés de leur ouvrir. Elles tremblaient.

– Merci, seigneur, a soufflé l'exilé. Ils nous sont tombés dessus par centaines... Ils ont égorgé tous ceux qu'ils trouvaient sur leur chemin... Hommes, femmes, enfants... et ma Chrysé... ma pauvre Chrysé...

– Vous êtes en sécurité maintenant, a dit Isménias sans lui lâcher les mains. Asseyez-vous à l'ombre des remparts. Qu'on leur amène de l'eau et de quoi manger !

L'homme est tombé à genoux et s'est effondré en larmes.

– Ma Chrysé ! Je ne la reverrai jamais...

Toute la journée, des rescapés du massacre de Lébadée ont frappé aux portes, et toute la journée, comme Isménias l'avait ordonné, les gardes de Thèbes leur ont ouvert. Je me suis porté volontaire pour les accueillir. Je me souvenais trop bien de l'époque où j'étais moi-même un réfugié, fuyant les Trente et leurs exactions. Nous avons dressé des tentes pour qu'ils se reposent à l'abri du soleil et leur avons donné de l'eau, des figues et des galettes d'orge. J'écoutais leurs récits qui, après le choc, ne venaient que par bribes, mais laissaient deviner l'horreur. Lysandre avait lancé ses mercenaires contre cette petite cité comme on jette un os à un molosse affamé. Pour s'emparer de vivres, de biens et d'une position stratégique dans sa marche sur Thèbes ; pour remercier ses alliés d'Orchomène en leur livrant leur voisine rivale et peut-être, tout simplement, pour poursuivre cette œuvre de destruction qui le faisait se sentir si puissant.

Pour ma part, je me gorgeais de la détresse des malheureux afin d'alimenter ma soif de vengeance. *Je vais le tuer,* je me répétais. *Pour mon père, Païsios. Pour mon oncle, Arsène.* J'ajoutais à cette liste les noms de mes camarades qui n'étaient jamais revenus d'Aïgos Potamos. Puis ceux de ma tante, de mes cousins, de mes proches morts durant la famine ou la tyrannie des Trente. Et enfin le nom de chacun des hommes, des femmes, des enfants de Lébadée à qui je portais assistance et qui avaient laissé derrière eux une maison, une famille, des amis. Elpis, Philarète, Photiné...

– Néochoros, m'a soufflé le très jeune homme à qui je venais de tendre une outre d'eau.

Il avait de grands yeux noirs, les cils longs, les traits fins, les ongles d'un garçon de bonne famille. Et l'âge de Thémis, tout au plus. Un colosse aux cheveux blonds, qui me rappelait les esclaves thraces de la manufacture de Lysias, l'accompagnait.

– Et lui, c'est Mostis, a ajouté Néochoros en le désignant.

Je ne m'étais pas trompé : c'était un nom thrace, il y avait aussi un Mostis à la manufacture. Néochoros a bu l'eau à grandes goulées, puis il a tendu l'outre au Thrace. Le géant avait les yeux rougis, comme s'il avait longuement pleuré. Néochoros, lui, évitait mon regard. Peut-être pour me cacher ses propres larmes.

– J'étais affecté à la garde, il a dit. Sur les remparts. C'est moi qui ai soufflé dans la trompe pour donner l'alerte. Ils étaient si nombreux…

Je lui ai tendu une seconde outre pleine, qu'il a prise sans me regarder.

– Nos magistrats avaient compris qu'ils ne pourraient rien faire. Alors ils ont décidé de leur ouvrir nos portes. Ils pensaient pouvoir parlementer, comme ceux d'Orchomène. Mais dès que les panneaux se sont écartés, les soldats se sont rués à l'intérieur en hurlant, comme une horde sauvage. Et ils ont massacré tous ceux qui se trouvaient sur leur passage.

– Assieds-toi, j'ai proposé.

Néochoros ne s'est pas fait prier et il a fait signe à Mostis, qui l'a aussitôt imité. Le regard du jeune homme fixait un point invisible devant lui, comme s'il revivait la scène qu'il décrivait.

– La seule chose à laquelle j'ai pensé, du haut des murailles, c'est à mes parents et à ma sœur. Je me suis dit: *Néochoros, tu dois redescendre et les protéger.* Alors je me suis planqué. Quand les ennemis sont montés, j'ai attendu qu'ils passent et je me suis fondu derrière eux. Je n'avais jamais eu aussi peur de ma vie. Je ne sais pas si tu as déjà été dans une situation où ta vie ne tient qu'à un fil… C'est terrible. Ton cœur bat tellement fort que tu penses que c'est lui qui va te trahir…

Je me suis revu tapi dans mon fourré à Aïgos Potamos et j'ai hoché la tête.

– Mais ça a marché, il a poursuivi. Ils n'ont pas fait attention à moi, ils m'ont sans doute pris pour l'un des leurs, et j'ai pu tranquillement descendre des murailles. Là…

Sa voix s'est brisée.

– Je peux te laisser seul, j'ai proposé.

– Non! il a tranché. Il faut que quelqu'un entende. Là, au pied des remparts… ils tuaient, brûlaient, pillaient. Un déferlement de violence…

Il s'est interrompu et, toujours sans me regarder, m'a demandé :

– Quel est ton nom ?

– Héraclios.

– Héraclios, il a répété.

Et il a repris son récit.

– La maison de mes parents est à l'extérieur de la ville. J'ai profité du chaos pour me glisser hors des murailles et j'ai couru le plus vite que j'ai pu. J'étais tenté de me débarrasser de ma lance et de mon bouclier, mais je me suis dit que si l'ennemi était déjà là-bas, il fallait que je puisse me défendre. Il fallait que je puisse *les* défendre.

Pour la première fois de son récit, Néochoros a tourné la tête vers moi. Dans une vie, croyez-moi, on ne croise pas beaucoup de regards de cette intensité. Le feu de la révolte brûlait au fond d'un puits de désespoir.

– C'était trop tard, Héraclios.

J'ai redouté ce qui allait suivre. Mais je devais écouter jusqu'au bout.

– Je l'ai su de loin. Une colonne de fumée s'élevait de la villa. J'ai pris mon courage à deux mains et je me suis approché. Je savais que ce que j'allais voir serait insoutenable.

» Ce qui m'a frappé, c'était le silence. De toute évidence, l'ennemi était déjà parti. La première chose que j'ai vue, c'est le chien. Notre vieux Cerbère qui me faisait la fête chaque fois que j'arrivais. Couché par terre au milieu du chemin, une pointe de lance fichée dans le cou. Puis des corps éparpillés, qui faisaient déjà le festin des mouches. Je me suis dit : *Néochoros, tu dois regarder*. Alors j'ai reconnu, l'un après l'autre, tous les esclaves de la propriété. Ceux auprès de qui j'avais grandi. Dans la cour, dans les écuries, dans les enclos, à l'intérieur. Ma nourrice, Phrygie. Le vieux Pitakos, qui avait fait mon éducation. J'avais envie de vomir, de hurler. Mais j'ai continué d'avancer. Là… j'ai vu ma mère. Étendue dans l'entrée. Mon père gisait contre elle, sur le dos, comme s'il avait voulu la protéger. « Ésychia ! » je me suis mis à hurler. « Ésychia ! » Je n'avais plus conscience du danger. Je me suis rué dans toutes les pièces à la recherche de ma sœur. C'est là que je suis tombé sur Mostis. Il s'était caché. Seul, il avait échappé au massacre…

À l'énoncé de son nom, le grand Thrace s'est mis à trembler de tous ses membres.

– Il a tout vu, a poursuivi Néochoros. Pauvre Mostis… Il était bouleversé de ne pas être intervenu. Mais ce n'est pas sa faute… il n'aurait rien pu faire…

Néochoros n'a pas pu réprimer un nouveau sanglot et s'est tourné vers son esclave, en lui faisant signe de poursuivre le récit à sa place.

– C'était horrible, a raconté le Thrace d'une voix caverneuse. Ils étaient quatre, peut-être cinq, et ils ont déboulé dans la villa avec leurs casques sur le visage et leurs lances pleines de sang. Partout, on entendait des cris et des bruits de coups et de choses qu'on brise. Ils ont attrapé la demoiselle Ésychia…

Il s'est tu, comme s'il ne savait pas s'il pouvait énoncer la suite devant moi. Mais Néochoros l'a encouragé d'un signe de tête.

– Ils lui sont tous passés dessus… puis ils l'ont emportée avec eux. Ses hurlements résonnaient encore dans mes oreilles quand le jeune maître est arrivé. Moi j'étais caché, j'ai tout vu, mais je n'ai rien fait pour la protéger…

– Ce n'est pas ta faute, Mostis. Tu te serais fait tuer sans avoir rien pu faire, a répété Néochoros d'un ton dur. Alors qu'aujourd'hui, grâce à toi, je suis à Thèbes avec les armes que tu m'as aidé à porter. Et je vais me battre aux côtés des Thébains pour venger les miens. Parce que c'est tout ce qui me reste, Héraclios… La vengeance.

En parlant, Néochoros a fait un geste vers les armes que Mostis avait posées dans un recoin. À la vue de son bouclier, j'ai eu un sursaut et j'ai écarquillé les yeux pour détailler l'emblème qui était frappé dessus.

– Le bouclier de mon père, a précisé Néochoros en me voyant fixer l'objet. C'est tout ce qui me reste de lui. Tout ce qui me reste de ma famille… Un emblème à brandir.

C'était un dragon.

. 8

– Je vais remplir les outres, j'ai déclaré.

Néochoros m'a tendu celle qu'il avait entre les mains et j'ai quitté la tente. La vue du dragon frappé sur son bouclier m'avait secoué. *Le « dragon rusé »*, j'ai pensé. *Et s'il n'y avait pas de hasard?*

Des éclats de voix en provenance des portes de la ville m'ont arraché à mes pensées. Un cavalier avait profité de l'arrivée de nouveaux réfugiés pour se glisser à l'intérieur, et la garde l'encerclait.

– Laissez-moi passer! tempêtait le visiteur en faisant cabrer sa monture pour impressionner les fantassins. Je viens porter des informations importantes aux généraux de Thèbes et d'Athènes!

– Et moi, je te dis de rester tranquille! grondait le chef de la garde. Toute ton allure pue le Spartiate! Avec ce qui s'est passé à Lébadée…

– Laissez-le ! a tonné Pélopidas. C'est l'espion que nous attendions ! Avance donc, Étéoclès.

Je me suis raidi. Je revoyais Néochoros tremblant sous la tente que je venais de quitter, et, en contraste, cette silhouette massive et musculeuse, ce ton hautain habitué à donner des ordres. Le chef de la garde avait raison : tout en Étéoclès puait le Spartiate. Il devait d'ailleurs arriver de Lébadée. Une nouvelle fois, il s'était rendu complice des exactions de Lysandre. Comment Thrasybule et Isménias pouvaient-ils lui faire confiance ?

Je ne voulais pas les laisser seuls avec lui. J'ai posé les outres vides que je tenais à la main et j'ai suivi Étéoclès et Pélopidas jusqu'à la villa d'Isménias.

Personne n'a fait attention à mon arrivée. Les chefs thébains et athéniens étaient trop occupés à accueillir l'espion et à le presser de questions. Le ton de certains était accusateur. « Par Zeus, qu'avez-vous fait à Lébadée ? » Mais Isménias les a fait taire.

– Parle, Spartiate, il a encouragé Étéoclès, et ne te sens aucun besoin de te justifier.

Celui-ci ne s'est pas fait prier.

– Lysandre m'a envoyé rejoindre le roi Pausanias avec ses instructions. Il lui demande de le retrouver sous les remparts d'Haliarte, la dernière cité fortifiée avant Thèbes. La troupe de Pausanias campe actuellement à proximité de Platées. Lysandre a calculé que si je lui délivrais le message avant ce soir, il se mettrait en route demain matin et serait là la nuit prochaine.

» Dès demain matin, Lysandre fera marcher ses troupes devant Haliarte et il demandera à traiter avec les magistrats de la ville. Si ceux-ci lui ouvrent leurs portes, comme à Orchomène, il attendra tranquillement Pausanias avant de marcher avec lui sur Thèbes. Si les habitants d'Haliarte lui tiennent tête, il encerclera la cité et la prendra d'assaut. Il espère que vos troupes voleront au secours de leur alliée et compte ainsi vous attirer hors de Thèbes. Pausanias lancera alors son armée à vos trousses et vous serez pris en tenaille.

Un Thébain a ouvert la bouche, mais Isménias l'a fait taire d'un geste : Étéoclès n'en avait pas terminé.

– Voilà le plan idéal de Lysandre. Mais dans la réalité, Pausanias n'arrivera pas demain soir. Il prétextera que, pour une raison de logistique, il est momentanément dans l'incapacité de gagner Haliarte. Lysandre se retrouvera alors seul avec son armée, en trop petit nombre pour lancer un assaut contre Thèbes. Vous pourrez alors l'attaquer et le chasser de vos terres.

– Merci pour ces précieuses informations, Étéoclès, a dit Isménias en lui prenant les mains.

– Comment pouvez-vous être sûrs qu'il dit vrai ?

Les regards se sont tournés vers moi. J'ai lu l'incrédulité dans les yeux des Thébains et la colère dans ceux de Thrasybule. Étéoclès, lui aussi, m'a toisé avec défi. À ce moment, je n'avais pas conscience que ma haine prenait le dessus sur mon discernement. J'étais encore sous le coup du récit de Néochoros.

– Parce que le roi Pausanias et moi-même avons, il y a quelques années, libéré ta cité des amis de Lysandre, a répondu froidement Étéoclès. Ce que tu sais mieux que personne.

– Je sais aussi que tu as secondé Lysandre dans ses crimes depuis Aïgos Potamos jusqu'à la prise d'Athènes. Et que tu étais à ses côtés hier lors du massacre de Lébadée.

Un silence de mort a succédé à mes paroles. Plusieurs Thébains se sont tournés vers Thrasybule, qui semblait prêt à me bouffer tout cru.

– Libre à toi de me faire confiance ou non, mais ce sera à toi et à toi seul d'assumer les conséquences de votre défaite, m'a jeté Étéoclès avec dédain.

Il s'est enroulé dans sa cape de voyage et, avant de prendre congé, s'est retourné une dernière fois vers nous.

– Je jure devant tous les dieux de l'Olympe que mon ennemi et le vôtre sont le même.

À peine Étéoclès avait-il quitté la pièce qu'une pensée m'a traversé l'esprit. Avant que les Thébains ne réagissent, je me suis élancé à sa suite.

– Étéoclès ! j'ai crié. Attends !

Il débouchait sur la cour de la villa, où un esclave l'attendait avec son cheval.

– Je n'ai pas de temps à perdre, il a rétorqué sèchement sans se retourner.

Un autre esclave a accouru pour l'aider à se hisser sur sa monture, tandis que le premier maintenait l'étalon immobile.

– Si nous sommes dans le même camp, je lui ai lancé, cherche une jeune fille de Lébadée que les mercenaires de Lysandre ont prise comme butin de guerre et mets-la en sécurité. Elle s'appelle Ésychia.

Du haut de sa monture, Étéoclès a enfin daigné m'adresser un coup d'œil : il ne s'attendait visiblement pas à une telle demande.

– Entendu, il a simplement dit.

Et il a aiguillonné sa monture.

– Héraclios !

Je me suis retourné. Pélopidas déboulait dans la cour derrière moi. Voyant le cheval qui s'éloignait, il a souri.

– Fils d'Apollon, j'ai eu peur que tu ne commettes une bêtise.

– Quoi, tu pensais que j'allais l'attaquer ?

– Je ne sais pas. On t'a vu te ruer derrière lui et Thrasybule affirme que tu es sanguin. Moi, tu m'apparais au contraire comme quelqu'un de réfléchi. Cela me semble plutôt sage de douter de la bonne foi d'un espion. D'autant que tu as l'air de le connaître... Tu ne dois pas lancer tes accusations à la légère.

Je l'ai observé. Il me déconcertait. Il avait vraiment l'air plus jeune que moi et pourtant tout dans sa prestance, sa manière de parler, son attitude, m'empêchait de le considérer comme mon cadet. Son regard, son sourire aussi, cette manière de m'appeler « fils d'Apollon » étaient ceux des hommes qui m'apprécient et me le font savoir. Et je ne pouvais pas dire qu'il me laissait indifférent non plus.

– Si on te dit quelque chose, je te défendrai, il m'a glissé alors que nous retournions à la salle de réception d'Isménias.

Avant même d'en franchir le seuil, j'ai entendu tempêter Thrasybule.

– Cet homme est fiable, je peux vous le jurer sur tous les dieux ! Et il a bien insisté : il n'y a pas un instant à perdre ! Ce que je propose, c'est primo : d'envoyer immédiatement une escouade à Haliarte, pour prévenir les habitants de ne pas céder aux promesses ou au chantage de Lysandre et commencer à organiser la résistance. Et deuzio : de faire partir l'essentiel des forces dès demain pour coincer Lysandre devant les remparts d'Haliarte. Un contingent restera à Thèbes – mes hommes, si vous le souhaitez – et ira au-devant de la troupe de Pausanias si le roi finit par bouger. Évidemment, je ne suis pas le commandant en chef de cette armée, mais je vous dis ce que je ferais.

Isménias a souri.

– Ton art de la stratégie n'est plus à démontrer, Thrasybule. Personnellement, je suivrais tes conseils. Des objections ?

Personne n'a bronché. Cette fois, je me suis gardé de dire quoi que ce soit, bien planqué derrière Pélopidas.

– Bien, a poursuivi Isménias. Je propose de nous répartir les rôles comme suit. Pélopidas, tu pars pour Haliarte sans tarder. Prends avec toi trente hommes, pas plus, ce n'est pas la peine d'effrayer les habitants. Expose la situation aux magistrats, dis-leur de se préparer à l'arrivée de Lysandre et de ne pas céder à ses avances ou à ses menaces. Je partirai demain avec le gros de la troupe. Quant à toi, Thrasybule, ami fidèle parmi les fidèles, je compte sur tes Athéniens pour veiller sur Thèbes comme si c'était leur cité. Mes éclaireurs te préviendront de la marche à suivre au cas où il y aurait du mouvement.

Pélopidas s'est tourné vers moi et m'a fait un clin d'œil.

– On compte sur toi, Héraclios le Brillant, il a dit.

– Quoi ? j'ai demandé. Comment m'as-tu appelé ?

Une pensée venait de me traverser l'esprit sans que je parvienne à la saisir.

– Le Brillant, a répété Pélopidas en riant. Le surnom d'Apollon. Rapport à ta beauté ! Et aussi à ton bouclier, j'ai vu que ton blason était le soleil, son emblème... C'est fait exprès, non ?

– Eh bien... en fait, c'est une coïncidence, j'ai bredouillé. Je suis contremaître à l'armurerie de Lysias et, avant de partir, j'ai essayé plusieurs boucliers. J'ai simplement pris celui avec lequel je me sentais le plus à l'aise ! Je n'ai pas tellement fait attention au blason. Si j'avais eu à choisir, j'aurais plutôt pris la chouette, l'emblème d'Athéna la Sage.

Le sourire de Pélopidas s'est élargi.

– Je ne crois pas aux coïncidences, il a dit.

De nouveau, une pensée m'a effleuré. Ça m'a agacé, car j'avais la sensation qu'il s'agissait de quelque chose d'important. J'ai tenté de me repasser les mots de Pélopidas quand on m'a happé par le bras. J'ai été traîné à l'extérieur de la pièce avant de comprendre ce qui m'arrivait.

– Je ne voulais pas faire un esclandre devant nos hôtes, mais tu n'y couperas pas, petit docker de mes deux ! Toutes ces années, j'ai été trop clément avec toi. L'aide de camp la boucle, quand son général est dans la pièce, compris ?

Je n'avais pas vu Thrasybule aussi en colère depuis la fois où je lui avais avoué que c'était moi qui avais dérouillé le fils de Chariclès. Sa poigne agrippait mes cheveux et la douleur me faisait monter des larmes.

– Ou… oui, j'ai bredouillé.

– *Oui, mon général.*

– Oui, mon général.

Il m'a lâché si brusquement que j'ai titubé.

– Je ne veux plus t'entendre émettre une opinion sans que je t'aie demandé ton avis. La hiérarchie militaire, ce n'est pas la démocratie ! Un conseil de guerre, ce n'est pas l'Assemblée des citoyens ! Et si tu ne parviens pas à le comprendre, Héraclios, alors je ne te permettrai plus d'assister aux réunions avec moi !

J'ai opiné silencieusement et me suis éloigné. Je venais de me souvenir que j'avais promis deux outres pleines à Néochoros et Mostis et qu'ils devaient toujours m'attendre sous la tente à l'entrée de la ville.

– Où vas-tu ? a grondé Thrasybule dans mon dos.

– Apporter mon aide aux réfugiés de Lébadée, *mon général.*

Il a soupiré et m'a rattrapé.

– Excuse-moi, Héraclios. J'y suis allé un peu fort.

Il a passé son bras derrière mon épaule.

– Tu es un brillant soldat et un merveilleux aide de camp.

Ces mots ont soudain fait jaillir la pensée qui me titillait durant la conversation avec Pélopidas. Brillant – soleil – emblème – dragon. « Prends garde au soldat brillant et au dragon rusé qui marche dans son ombre. » Par tous les dieux, le soldat brillant et le dragon rusé, c'était nous, Héraclios et Néochoros ! Soleil et dragon étaient les emblèmes de nos deux boucliers ! De qui le Maître de la Grèce devait-il se méfier, sinon de deux rescapés de ses exactions qui avaient vu périr leurs proches ?

– Nous devons partir pour Haliarte, j'ai pensé à voix haute.

– Qu'est-ce que tu dis ? a demandé Thrasybule.

– Je dois me rendre à Haliarte avec Pélopidas, j'ai répété. Et... quelqu'un d'autre.

Thrasybule a raffermi son étreinte.

– Héraclios, je ne voulais pas te blesser. Tu sais que je m'emporte facilement. Mais tu es mon porte-bonheur. Je n'aime pas te savoir loin de moi durant la bataille.

– Ce n'est pas ça, j'ai dit. J'ai eu une sorte de... de vision. Je dois me rendre à Haliarte, Thrasyb... mon général. Je crois que j'ai trouvé ce qui peut anéantir Lysandre !

La détermination qui perçait dans ma voix l'a surpris. J'ai eu peur qu'il le prenne mal et qu'il s'emporte de nouveau, mais il s'est contenté de soupirer. Puis il m'a souri.

– Si Pélopidas accepte, je ne te retiendrai pas. Jure-moi simplement de rester en vie.

– Oui, mon général.

– Et aux Enfers, les *mon général* !

Je n'avais pas de temps à perdre : si Pélopidas voulait être à Haliarte avant la nuit, il allait se mettre en route sans attendre. Je devais immédiatement rejoindre Néochoros et le convaincre de partir avec moi, alors qu'il était exténué, à bout de forces et de nerfs, puis trouver Pélopidas et le supplier de nous recruter dans son escouade.

Ni Néochoros ni Mostis n'était plus sous la tente. Les armes que le géant thrace avait déposées dans un coin avaient également disparu.

– Néochoros ! j'ai appelé. Néochoros !

– Tu cherches quelqu'un ? m'a demandé une femme qui distribuait aux réfugiés des figues violettes et charnues.

– Un jeune homme de Lébadée à qui j'ai donné de l'eau tout à l'heure. Il était avec un esclave thrace, grand et costaud.

– Je connais Néochoros, est intervenu l'un des

réfugiés en piochant dans la coupe de figues. Mais je ne l'ai pas croisé depuis mon arrivée ici.

Je me suis rendu compte que les heures avaient filé sans que j'y eusse prêté attention. Néochoros avait dû en avoir sa claque de m'attendre. J'ai quitté la tente et me suis mis à courir comme un fou dans les rues en jetant des coups d'œil tout autour de moi.

– Néochoros ! je gueulais. Néochoros de Lébadée ! Mostis !

J'ai ainsi grimpé jusqu'à la Cadmée, où étaient rassemblées les armées thébaine et athénienne. *Évidemment,* je me suis dit. *Il a dû rejoindre la troupe pour se faire enrôler.* Je les ai trouvés plus facilement que je n'aurais cru. La taille de Mostis, qui dépassait la plupart des hommes d'une demi-tête, m'a bien aidé.

Néochoros était en grande discussion avec des fantassins de Thèbes. À ma vue, son visage s'est illuminé. Le retrouver m'a aussi fait chaud au cœur. Il y a des gens dont on se dit, à peine rencontrés, qu'ils sont et resteront des amis. Néochoros et moi, on se connaissait à peine, pourtant j'avais l'impression d'avoir tissé avec lui un lien indestructible.

– Je suis désolé, Héraclios, il s'est exclamé. Je ne te voyais pas revenir, alors j'ai rejoint la troupe. J'ai cru que tu étais parti pour de bon.

– C'est moi qui suis désolé. J'ai été pris par autre chose et je n'ai pas vu le temps filer.

– Il paraît que les Spartiates s'apprêtent à attaquer Haliarte. Tu es au courant ?

– Oui. D'ailleurs, un petit contingent part pour Haliarte maintenant, afin d'organiser la résistance de l'intérieur. C'est pour ça que je te cherchais. Je voudrais qu'on en soit. Tu te sens de marcher ?

– Je pense, oui, a acquiescé Néochoros. Mais tu ne veux pas plutôt qu'on parte avec le gros de l'armée ?

– Moi, je suis censé rester ici avec les Athéniens pour protéger Thèbes... Mais je crois qu'on a un meilleur rôle à jouer, tous les deux. Et c'est pas en restant derrière qu'on y arrivera.

– D'accord, a dit Néochoros, un peu étonné.

– Je t'expliquerai en route ! Prépare tes affaires, il faut que je trouve Pélopidas.

Il était sur le point de quitter Thèbes. Ses hommes étaient alignés dans un rang impeccable, tous jeunes et vigoureux comme lui. *Une escouade d'élite*, j'ai pensé.

– Pélopidas ! j'ai crié en le rejoignant.

Il s'est retourné et m'a souri.

– Fils d'Apollon ! Tu viens me dire au revoir ?

– Te demander de t'accompagner. Pour... représenter Athènes dans cette expédition. C'est Thrasybule qui m'envoie, j'ai menti.

– Et c'est une très bonne idée, il m'a dit. Tu as ton paquetage ?

– Laisse-moi juste le temps d'aller le chercher. Il y a un autre volontaire, un jeune de Lébadée qui sait se battre. Je pense que ça peut être une bonne idée de le prendre car il connaît bien le coin.

J'ignorais, en réalité, si Néochoros était familier avec Haliarte, mais je ne me voyais pas expliquer à Pélopidas ma théorie sur le soldat et le dragon, c'en aurait été fini de ma crédibilité auprès de lui. *Néochoros, en revanche, est susceptible de me prendre au sérieux*, je me suis dit.

– Soit, a fait Pélopidas. Qui d'autre ? Je voudrais me mettre en route avant la nuit...

Je crois que j'ai rougi et il a souri.

– Allez, dépêche-toi, Héraclios le Brillant.

Nous avons pris la direction du nord-ouest, droit vers l'ennemi. Le soleil entamait tout juste sa descente. Pélopidas a imposé un bon rythme pour que nous atteignions Haliarte avant le crépuscule. Avec Néochoros, on est restés un peu en retrait. J'ai pu lui raconter tranquillement ce que m'avait confié Étéoclès sur la prophétie qui terrifiait Lysandre, et lui exposer mon interprétation.

– Ça me semble dingue, il a lâché après un

temps de silence. Et pourtant, tout concorde. Comme si… comme s'il n'y avait pas de hasard !

– Il n'y en a pas, j'ai dit fermement. Les prophéties sont faites pour s'accomplir.

En réalité, je n'étais pas tout à fait serein. Peut-être que personne ne souhaitait davantage que nous deux l'anéantissement de Lysandre. Mais étions-nous capables de l'exploit qu'aucun homme n'avait réalisé en dix ans, mettre fin, une bonne fois pour toutes, au pouvoir absolu du Maître de la Grèce ? Et si le soldat brillant et le dragon rusé signifiaient autre chose ? Je nous avais peut-être exposés au danger, nous qui devions survivre pour témoigner, raconter l'horreur et la prévenir une nouvelle fois. Et puis j'étais parti comme un voleur, sans un au revoir pour mes proches, exception faite de Thrasybule. Si ça se trouve, à l'heure qu'il était, Androclès, Thémis et Alexios étaient en train de me chercher. *Thémis sera hors de lui quand il apprendra que je suis parti dans le feu de l'action sans lui*, j'ai pensé. Peut-être qu'il ne me pardonnerait pas. Mais moi, ça me tranquillisait de le savoir loin du danger à Thèbes.

Néochoros et moi avons peu échangé durant la suite du voyage : parler donnait soif, on économisait notre salive. Quand l'horizon s'est mis à rougeoyer, les contours noirs et déchiquetés d'une chaîne de montagnes se sont détachés à main gauche. On était en sueur d'avoir marché sous un soleil agressif, et la brise agréable qui s'était levée avec le soir était appréciable.

– Haliarte, a indiqué Pélopidas.

La cité se dressait devant nous, à proximité d'un vaste lac dont la surface reflétait le soleil mourant.

– C'est le lac Copaïs, m'a informé Néochoros. On y pêche les meilleures anguilles de toute la Grèce.

Pélopidas a envoyé un de ses hommes en éclaireur et nous avons fait halte au bord du lac.

– Le champ est libre ! a crié l'éclaireur à son retour.

Prudemment, nous nous sommes avancés jusqu'aux murailles. Nous n'avons même pas eu le temps de nous annoncer qu'un garde nous a hélés, visiblement nerveux.

– Qui va là ?

– Une avant-garde envoyée par Thèbes, a répondu Pélopidas. Nous avons des informations à vous communiquer.

– Un instant, il a rétorqué.

Sa tête a disparu puis, quelques instants plus tard, il est revenu avec deux hommes plus âgés.

– Je suis Pélopidas, envoyé par les magistrats de Thèbes. Laissez-nous entrer, s'il vous plaît. L'ennemi s'apprête à marcher contre vos murailles, c'est une question d'heures !

Les magistrats ne se sont pas fait prier et,

lentement, les lourdes portes d'Haliarte se sont ouvertes.

À l'intérieur, l'atmosphère était étrange. À la fois étouffante et étonnamment calme, comme un ciel d'été avant l'orage. Les rues grouillaient de monde, plus que la ville n'aurait dû habituellement en recevoir. Je me suis dit que, comme Thèbes, Haliarte avait dû offrir la protection de ses murailles à des réfugiés de Lébadée et aux paysans des environs, inquiets des troubles dans la région. Pourtant, on ne percevait pas le bourdonnement vif des foules. La cité était comme au ralenti, dans l'attente du cataclysme.

– Suivez-moi, a simplement déclaré l'un des deux magistrats dont nous avions aperçu la tête en haut des murs, un pli soucieux sur le front.

À notre passage, un murmure a parcouru la foule. Arrivions-nous avec de l'espoir ou pour annoncer que tout était fini ? Personne ici ne semblait ignorer ce qui s'était passé dans les cités voisines. On savait que Lysandre s'avançait inexorablement vers Thèbes, allant de cité en cité avec des volontaires toujours plus nombreux, qu'il avait soumis Orchomène, rasé Lébadée et que la prochaine ville sur sa route, la dernière avant Thèbes, était Haliarte.

– Lysandre sera ici demain, a déclaré Pélopidas.

– Demain…, ont répété les magistrats.

Nous nous trouvions dans la salle où se réunissait le Conseil d'Haliarte. Pélopidas avait donné quartier libre à ses hommes, mais il m'avait demandé de rester avec lui pour exposer la situation aux citoyens en charge de la ville.

– Il va sans doute tenter d'ouvrir des négociations avec vous. Ne lui cédez pas, quoi qu'il vous propose. Thèbes est à vos côtés.

– C'est bien gentil, a rétorqué l'un des magistrats, mais comment fait-on pour ne pas finir comme Lébadée ? Vous pensez vraiment que vos hommes, si entraînés soient-ils, pourront tenir tête à la puissance de Sparte ?

– Oui, a répondu Pélopidas. Du moins, si les informations que nous détenons sont exactes. Je ne peux pas vous en dire plus, mais vous devez me faire confiance.

– Tu l'as déjà vu ? m'a demandé Néochoros. Celui qu'on appelle le… le Maître de la Grèce ?

Nous prenions nos quartiers dans le bâtiment du Conseil que les habitants d'Haliarte avaient mis à notre disposition pour la nuit. Néochoros, épuisé, s'était déjà écroulé sur sa paillasse.

– Oui, j'ai répondu.

Après un temps de silence, j'ai ajouté :

– À Thèbes, tu m'as demandé si j'avais déjà été dans une situation où ma vie ne tenait qu'à un fil. Tu as entendu parler d'Aïgos Potamos ?

Néochoros a ouvert de grands yeux.

– Qui n'a pas entendu parler d'Aïgos Potamos ? À l'époque, Thèbes et ses alliées soutenaient Sparte. La destruction de la flotte athénienne, on a bien fêté ça... C'est trop tard qu'on a compris que le pire était à venir.

– Je suis l'un des seuls rescapés de la débâcle, j'ai lâché.

Néochoros a eu une expression de surprise, puis son visage est devenu grave.

– Je suis désolé, il a dit.

Je lui ai tout déballé. De notre défaite à la tyrannie des Trente, mon exil à Thèbes, ma rencontre avec Thrasybule et enfin la marche de notre armée sur Athènes pour restaurer la démocratie.

– J'ai cru que la victoire allait m'apporter la paix. Mais ça n'a pas suffi, Néochoros. Le Maître de la Grèce, comme tu dis, est revenu hanter mes nuits. Et j'ai fini par comprendre pourquoi quand je me suis rendu compte que, partout autour d'Athènes, il continuait de dicter sa loi, d'opprimer les peuples et de semer la désolation autour de lui. Alors je me suis juré de l'avoir, une bonne fois pour toutes. Si j'ai survécu à Aïgos Potamos, ce n'est peut-être pas par hasard.

– C'est donc pour ça que tu es venu, fils d'Apollon.

Absorbé par mon récit, je ne m'étais pas aperçu que Pélopidas et ses hommes s'étaient rapprochés pour m'écouter.

– Pas parce que Thrasybule te l'avait demandé, a poursuivi Pélopidas. Mais parce que tu penses avoir quelque chose à accomplir.

Il ne s'exprimait pas sur un ton de reproche. Son regard était doux et, je crois même, un peu compatissant.

– Oui, j'ai dit avec défi.

– Moi aussi, a renchéri Néochoros.

– Tu es de Lébadée, c'est ça ?

Néochoros a hoché la tête.

– Faites attention, tous les deux, est intervenu Pélopidas avec douceur. La guerre, ça a à voir avec les valeurs. La liberté contre l'oppression. La démocratie contre la tyrannie. La restitution d'un honneur bafoué. Ce n'est pas une question de vengeance personnelle.

– Ça revient au même, j'ai répliqué. Toi et moi, on veut la même chose.

– Ça ne veut pas dire que notre objectif n'est pas le même. Mais ne laissez pas les passions aveugler votre raison et vous persuader d'une destinée qui n'est peut-être pas la vôtre. La victoire nous apportera certes la liberté, mais elle ne te garantira peut-être pas la paix intérieure, Héraclios. Garde-le à l'esprit quand tu combattras.

9.

C'est un rai de lumière qui m'a éveillé. Je n'avais pas l'impression d'avoir vraiment dormi. Une bonne partie de la nuit, j'avais entendu les sanglots de Néochoros. Je ne pouvais pas lui en vouloir, c'était sa première nuit après le massacre de sa famille. J'ai tourné la tête vers lui. Il avait fini par tomber dans les bras de Morphée. Son visage était paisible, la bouche entrouverte, un filet de salive s'échappant de la commissure des lèvres. J'avais envie qu'il profite un peu de ce répit, car ce matin serait aussi le premier où il ouvrirait les paupières en réalisant qu'il avait tout perdu. Je me suis redressé et mes muscles m'ont reproché à l'unisson la dureté du sol de pierre sous ma paillasse trop fine.

– Bien dormi, fils d'Apollon ?

Pélopidas m'observait. Assis sur sa paillasse, il étirait lentement les muscles de son cou.

– Côté confort, j'ai connu mieux, j'ai lâché.

Il a ri.

– J'ai l'impression que Lysandre est encore venu visiter tes rêves, il a observé en se levant. Tu criais dans ton sommeil.

– C'est possible. J'y suis tellement habitué que je n'y fais plus attention.

– Nous allons sans doute recevoir sa visite aujourd'hui. Ça va aller?

J'ai haussé les épaules. *Il faudra bien que je le tue,* j'ai pensé. Mais Pélopidas faisait bien de me rappeler cette réalité. Je m'étais senti très sûr de moi la veille, mais étais-je réellement prêt à affronter l'homme qui hantait mes nuits? La dernière fois que je l'avais aperçu, c'était au sanctuaire de Delphes, deux ans plus tôt. Et le simple fait de repenser aux mésaventures de Thémis et de Phryné me glaçait le sang.

J'ai jeté ma tunique sur mes épaules et suivi Pélopidas hors du bâtiment du Conseil. Une lumière douce baignait l'agora, d'où s'élevait le brouhaha du marché. Les premiers rayons de soleil caressaient agréablement mon visage. Je me suis rendu compte que j'avais faim et j'ai dévalé les escaliers du bâtiment pour gagner les étals. J'avais envie de pain chaud et de fromage. J'en prendrais aussi pour Néochoros, il ne fallait pas qu'il se laisse abattre.

C'est alors que la trompe a retenti.

Pélopidas m'a fait signe et nous avons aussitôt regagné le bâtiment du Conseil. L'alerte hâtait le réveil ; les Thébains s'étaient levés et commençaient à rassembler leurs affaires. Seul Néochoros, secoué par Mostis, s'arrachait difficilement au sommeil. *Au moins*, je me suis dit, *il n'aura pas le temps de penser à ce qu'il a vécu hier.* Quand tout le monde a été prêt, Pélopidas nous a fait prendre la direction des portes de la ville. Sur l'agora, l'effervescence avait cédé à la panique ; les commerçants repliaient leurs étals dans la précipitation.

Nous avons déboulé au pied des murailles en même temps que les magistrats de la cité. L'inquiétude se lisait sur leurs visages comme sur des masques de théâtre. Ils nous ont invités à les suivre sur les tours, aux postes de garde. Les sentinelles, occupées à fixer l'horizon, n'ont même pas fait attention à notre arrivée.

– Grand Zeus, a soufflé l'un des magistrats.

La phalange ennemie était étalée sur toute la largeur de la plaine en rangs bien alignés. Ça faisait son petit effet. Habituellement, les armées de mercenaires avaient plutôt l'air d'une horde que d'une véritable armée. De toute évidence, Lysandre et les cadres spartiates avaient réussi en quelques jours à imposer à leurs recrues leur discipline de fer.

– Ils sont si nombreux ! a gémi un magistrat.

– Pas autant que notre armée, a observé Pélopidas.

Un œil aguerri comme le sien remarquait immédiatement que cette phalange, si large fût-elle, n'était pas très profonde. *Une ruse bon marché pour impressionner l'ennemi,* j'ai pensé.

– Mais ils attendent du renfort, non ?

– Ce ne sera pas un problème, a rétorqué Pélopidas.

Il n'avait pas dit aux magistrats d'Haliarte que l'armée du roi Pausanias n'attaquerait pas, car il ne leur faisait pas totalement confiance. Et si l'un d'eux avait des sympathies pour Lysandre et qu'il lui vendait la mèche ? Mais Pélopidas ne devait pas non plus leur laisser penser que nous étions en sous-nombre et que notre cause était perdue.

– On s'en occupe, il a ajouté pour couper court aux interrogations du magistrat. Faites-nous confiance !

L'armée de Lysandre est restée immobile un bon moment, étalée sur la plaine comme un chat qui lézarde au soleil. *Il joue avec nos nerfs,* je me suis dit. J'ai tourné la tête vers Néochoros : il était pâle, se mordait la lèvre. Le pauvre, c'était comme s'il revivait la chute de Lébadée. Pélopidas, au contraire, avait l'air du chef de guerre sûr de vaincre, ce qui a un peu détendu les magistrats.

– Ne faites rien, il leur a conseillé. Nous avons tout notre temps.

Le soleil avait déjà bien entamé sa course dans le ciel quand un cavalier a quitté les rangs adverses pour s'avancer vers nos portes. Il était casqué, engoncé dans un plastron rutilant et drapé dans le manteau rouge caractéristique des Spartiates. Un instant, je me suis demandé s'il s'agissait d'Étéoclès, puis je me suis dit que celui-ci ne devait pas encore être revenu de Platées, où campait l'armée de Pausanias.

– Ouvrez-moi ! a intimé le cavalier une fois devant les portes.

– Ne lui ouvrez pas, a soufflé Pélopidas aux magistrats d'Haliarte.

– Parle d'où tu es ! a crié l'un d'eux. Nous t'entendons ! Que veux-tu ?

– Lysandre, commandant en chef des troupes de Sparte, souhaite s'entretenir avec les habitants d'Haliarte. Il demande que vous lui ouvriez vos portes.

– Et qui dit qu'une fois nos portes ouvertes, vous ne prendrez pas notre cité d'assaut comme Lébadée ?

– Parce que nous n'avons jamais proposé à Lébadée d'ouvrir des négociations, a rétorqué le cavalier.

– Ça se tient, a commenté Pélopidas.

– Le général se présentera seul avec sa garde, a poursuivi le Spartiate.

– Acceptez, a soufflé Pélopidas au magistrat.

– C'est d'accord ! Mais que le reste de votre armée recule jusqu'au pied des montagnes, c'est la condition à laquelle nous ouvrirons nos portes.

– Je vais rapporter cela au général, a crié le cavalier. À lui de voir s'il accepte votre *condition*.

Il a jeté le dernier mot avec dédain. Comme si les habitants d'Haliarte étaient en position de négocier avec le Maître de la Grèce ! Puis il a aiguillonné sa monture pour rejoindre les rangs de son armée.

Au bout d'un temps qui nous a paru incroyablement long, nous avons vu la phalange se mouvoir avec lenteur vers la montagne et un petit groupe hérissé de piques s'avancer seul vers Haliarte. L'un des magistrats, visiblement paniqué, s'est alors tourné vers Pélopidas.

– Veux-tu lui parler, Thébain ?

– C'est votre cité. Je ne vais pas gérer les affaires d'Haliarte à votre place… Mais je suis certain que vous vous en tirerez très bien, il a ajouté avec un clin d'œil.

Son sang-froid m'impressionnait. Il semblait le seul, avec une poignée de ses hommes, à rester tout à fait maître de ses nerfs.

– Gardez toujours à l'esprit que Thèbes vous protégera. Quoi que Lysandre vous dise, ne lui cédez pas. Faites mine d'hésiter, demandez-lui un temps de réflexion. Une fois qu'il sera reparti, nous nous préparerons à la guerre.

Les magistrats sont redescendus au pied de la muraille comme s'ils allaient boire la ciguë. Nous les avons suivis et, une fois en bas, Pélopidas nous a attirés un peu à l'écart.

– Ce n'est pas le moment de nous faire remarquer, il a observé. S'il comprend que nous sommes thébains, Lysandre saura que son plan de bataille a été dévoilé.

Un instant plus tard, une sentinelle a lancé du haut des murailles :

– Il est aux portes !

– Très bien, a déclaré l'un des magistrats en se raclant la gorge. Ouvrez.

Ils étaient tous de haute taille, coiffés d'un casque à cimier, ceints d'un plastron et enroulés dans leur cape rouge. Autour d'eux, des joueurs de flûte marquaient la cadence. *Thrasybule n'est pas le seul à apprécier la solennité,* j'ai pensé. Leurs boucliers étaient frappés de la lettre Λ, *lambda,* pour Lacédémone, la région de Sparte. Là-bas, l'équipement militaire était rigoureusement identique pour tous car il était fourni par la cité. C'était possible car le corps citoyen était extrêmement réduit. L'aristocratie des Spartiates décidait pour une multitude de personnes qui n'avaient aucun droit civique, sans être pour autant des esclaves. Quand Étéoclès m'avait raconté tout ça, à l'époque où on n'était pas encore brouillés, j'avais mieux compris pourquoi les aristos d'Athènes prenaient Sparte pour modèle et pourquoi les démocrates l'avaient en horreur.

– Mais entre citoyens, nous sommes tous égaux, s'était défendu Étéoclès devant mon air indigné. À l'exception du roi qui a d'office le privilège de conduire l'armée, tous les Spartiates partent avec strictement les mêmes chances de se hisser aux postes de commandement et de magistrature. Le talent fait le reste.

Si l'on en croyait Étéoclès, c'était donc le plus talentueux des Spartiates qui marchait à notre rencontre. Il était le seul de la petite troupe à ne pas porter de lance ni de bouclier, simplement une épée qui battait son flanc. Il a fait signe à sa garde de s'arrêter, s'est avancé devant les magistrats et a ôté son casque à cimier, dont un serviteur s'est empressé de le débarrasser.

Évidemment, j'ai eu un sursaut de peur à la vue de son visage.

Ce visage taillé à la serpe, ce regard qui ne renvoyait aucune humanité, ces traits déformés par de vieilles balafres et mangés par la barbe et les cheveux longs que portaient tous les Spartiates.

– Sa… salut à toi, général de la glorieuse Sparte, a bafouillé l'un des magistrats en levant le bras. Bienvenue dans la modeste cité d'Haliarte. T… tu as souhaité t'entretenir avec nous ; nous t'écoutons.

– J'ai demandé à m'entretenir avec tous les citoyens d'Haliarte, a répliqué Lysandre, d'un ton cinglant comme un coup de fouet. Je veux tout le monde sur l'agora, en civil et sans armes.

Avant que les magistrats n'aient ouvert la bouche, il a aboyé :

– Sonnez le rassemblement !

Et du haut des murailles, comme si les gardes obéissaient à leur propre chef, la trompe a retenti.

– Il me semble important que tous les habitants aient leur mot à dire sur le destin de leur cité, il a ajouté d'une voix plus douce.

Les magistrats étaient aussi pâles que je devais l'être moi-même. L'un d'eux s'est ressaisi et a demandé aux citoyens présents de hâter le rassemblement. J'ai tourné la tête vers Pélopidas. Même lui semblait impressionné par la faculté avec laquelle Lysandre imposait sa volonté à tout le monde. *Ce n'est qu'un homme,* je me répétais pour m'en convaincre. *Un homme qui se prend pour un dieu.*

– Si… si vous voulez bien nous suivre, général, a bredouillé l'un des magistrats.

Il a pivoté sur ses talons pour prendre le chemin

de l'agora. Le Bourreau d'Athènes et sa garde lui ont emboîté le pas et, derrière eux, les gardes se sont employés à refermer les portes de la ville.

– Les portes doivent rester ouvertes, a décrété Lysandre. J'ai donné ordre à mon armée d'attaquer si elle les voyait se refermer sur nous.

– Par Zeus, rouvrez ces portes ! a glapi l'un des magistrats, et les gardes se sont aussitôt exécutés.

Sur le chemin de l'agora, Pélopidas s'est tourné vers moi.

– Tu tiens le coup, fils d'Apollon ?

– Je me dis que ce n'est qu'un mauvais moment à passer.

À présent, lui aussi semblait nerveux. Il craignait sans doute que les magistrats ne cèdent à Lysandre. Je me suis tourné vers Néochoros et j'ai été étonné de ne pas déceler sur son visage la moindre trace de peur, ni même d'inquiétude. Non : ce qui crispait sa mâchoire et faisait tressauter un petit nerf sous sa tempe, c'était la haine.

– On ne tente rien pour l'instant, je lui ai soufflé. Faisons confiance à Pélopidas.

Il a hoché la tête, mais n'a pas desserré les dents pour autant.

Les habitants d'Haliarte se sont massés sur l'agora en un temps record. Il n'y avait pas que des hommes, d'ailleurs, mais aussi beaucoup de femmes et de jeunes. Les Spartiates se sont alignés au pied du bâtiment du Conseil, là où nous avions passé la nuit, et Lysandre a gravi quelques marches pour surplomber la foule. J'avais l'impression de revivre la scène de la capitulation d'Athènes. Il venait de raser nos murailles et nous avait réunis pour nous annoncer que, dans sa « grande mansuétude », il arrêtait là les destructions. Puis, sous la menace, il nous avait fait voter la mise en place de la tyrannie des Trente.

Les habitants l'observaient dans un silence de mort. J'ai repensé aux paroles de l'éclaireur d'Isménias, à Thèbes, lorsqu'il avait relaté l'arrivée de Lysandre à Orchomène : « La foule avait l'air à la fois terrifiée et fascinée. L'attitude qu'on aurait si un dieu descendait sur Terre… » C'était exactement ça : le Bourreau d'Athènes était ceint d'une aura de puissance qui le faisait paraître indestructible, alors qu'à son âge certains avaient déjà l'air de vieillards.

– Citoyens d'Haliarte ! il a lancé avec cet accent traînant caractéristique des Spartiates. Je me réjouis de vous voir aussi nombreux. Cela fait plaisir de constater qu'autant de personnes se sentent concernées par les affaires de leur cité.

Contre toute attente, il a souri. Un rictus qui rendait encore plus dissymétrique son visage couturé. Il s'adressait à la foule comme il aurait harangué ses hommes, d'une voix plutôt chaude, galvanisante. Pourtant je percevais toujours, en filigrane, une note voilée de menace.

– Comme vous le savez, la cité de Thèbes a provoqué la mienne, et en conséquence Sparte a été contrainte de lui déclarer la guerre. Ce qui est malheureux, car les Thébains ne sont pas en mesure de rivaliser avec nos forces. Mais c'est ainsi. Demain, je vais faire marcher mon armée sur Thèbes, et il se trouve que sur ma route se dresse votre cité. Je vous demanderai donc de saisir la main que je vous tends. Contrairement à ce que pourraient vous faire penser les Thébains et leurs amis, je ne vous veux pas de mal. Je ne souhaite pas que vous deveniez des victimes de ce conflit qui ne vous concerne pas.

– Et Lébadée, a sifflé Néochoros entre ses dents, tu ne lui voulais pas de mal peut-être ?

– Je suis sûr que le nom de Lébadée brûle la langue de certains, a poursuivi Lysandre comme s'il l'avait entendu. Il y a d'ailleurs peut-être parmi vous des réfugiés de cette cité.

Il a tourné la tête de notre côté. C'était forcément une coïncidence, mais l'effet a été terrifiant. Même Néochoros m'a jeté un regard inquiet.

– Oui, j'ai rasé Lébadée. C'est ce qui arrive à ceux qui se mettent en travers de mon chemin. C'est le sort que connaîtront bientôt Thèbes et Athènes

– parce que j'ai entendu dire qu'Athènes, dont j'avais pourtant détruit la flotte et rasé les murailles, ose de nouveau se dresser contre moi. Les habitants d'Orchomène, eux, m'ont ouvert paisiblement leurs portes et je saurai m'en souvenir. Croyez-moi, citoyens d'Haliarte : j'ai la réputation d'être un chef de guerre dur mais juste. Je châtie mes ennemis, je sais aussi récompenser mes alliés.

– Il ment, a sifflé Néochoros entre ses dents.

J'ai posé ma main sur son avant-bras pour tenter de l'apaiser. Il serrait les poings si fort que ses muscles étaient tendus à éclater. Dans l'état où il se trouvait, j'avais peur qu'il tente de traverser le cordon de Spartiates pour se jeter sur Lysandre.

– Si nous ouvrons nos portes à ton armée, qu'attends-tu de nous ? a demandé timidement l'un des magistrats au premier rang.

– De pouvoir vaquer entre les murs d'Haliarte comme bon me semble, d'assurer le ravitaillement de ma troupe et de fournir un effort logistique le temps de ma campagne contre Thèbes. Je ne sollicite même pas de soldats, j'en ai suffisamment. Une fois Thèbes tombée, je me retirerai et vous laisserai retrouver votre vie paisible au bord du lac Copaïs.

Il a de nouveau eu ce sourire affreux. Dans le public, on commençait à entendre des « Vive Sparte ! », « À bas Thèbes ! » et même « Vive le Maître de la

Grèce ! ». Je comprenais à présent pourquoi Lysandre, qui était tout sauf un partisan de la démocratie, avait tenu à ce que la population d'Haliarte l'écoute et s'exprime. Pour un orateur habile, une foule est toujours plus facile à gagner à sa cause qu'un petit groupe de magistrats, même timorés comme ceux d'Haliarte, rompus aux enjeux de pouvoir.

– Nom de Zeus, a grommelé Pélopidas à côté de moi, ces pleutres sont en train de craquer !

Il s'est alors redressé, lui qui quelques instants plus tôt nous rappelait qu'on ne devait se faire remarquer sous aucun prétexte.

– Les Thébains sont nos amis ! il s'est écrié avec force, comme s'il était un habitant d'Haliarte. Ouvrir ces portes à ton armée, général, serait trahir une vieille alliance.

Le brouhaha a immédiatement cessé et Lysandre l'a observé sans cesser de sourire.

– Thèbes ne t'en voudra pas longtemps, jeune homme, puisqu'elle sera rayée de la carte avant l'hiver.

– Comment es-tu certain de vaincre les Thébains ? a répliqué Pélopidas, et une nouvelle fois j'ai été ébahi par son audace.

– As-tu entendu dire qu'ils avaient des alliés dans cette guerre ? Ah oui, les Athéniens… Ce peuple sans murailles ni flotte…

Instinctivement, mes poings se sont crispés.

– Tu sais pourtant mieux que personne que la supériorité numérique ne fait pas tout, a rétorqué Pélopidas. Tu as vaincu les Athéniens avec une flotte deux fois moins importante. Et si, cette fois, c'était l'inverse qui se produisait ? Si les Thébains te mettaient en échec grâce à une ruse soufflée par un dieu, une ruse encore plus ingénieuse que toutes celles que tu as pu imaginer ? Excuse-moi d'exprimer cette hypothèse, général, mais trahir une alliance n'est pas une mince affaire et tu dois nous donner, avant que nous ne décidions de changer de camp, des gages de ton succès.

Un instant, j'ai vu Lysandre déstabilisé. Ce gosse – Pélopidas aurait pu être son fils – l'attaquait avec ses propres armes : l'assurance d'être le plus fort. Alors il a descendu les marches qui le séparaient de nous et il s'est avancé vers le Thébain, qu'il a toisé avec le plus grand mépris.

– Les dieux me l'ont assuré, gamin.

Il bluffe, j'ai pensé. Mais c'était habile : impliquer les dieux était un argument imparable et faisait briller un peu plus son aura d'homme providentiel.

Je ne peux pas expliquer ce qui s'est passé alors. J'avais envie de tout sauf de me faire remarquer ; le Bourreau d'Athènes était si près de moi que je craignais que mon cœur n'éclate sous le coup de la terreur.

– *C'est faux!* je me suis pourtant entendu gronder. *Une prophétie t'a assuré de ta défaite!*

D'un coup, l'agora est redevenue parfaitement silencieuse. Lysandre a tourné la tête vers moi et ses yeux terribles ont vrillé les miens. J'ai alors été saisi d'un violent mal de crâne. Peut-être n'était-ce que le coup de l'émotion ou de la chaleur, parce qu'on était au milieu de la journée, que ma gorge était sèche et l'agora écrasée de soleil, mais j'ai eu le sentiment qu'il essayait de percer mon âme. C'était mon cauchemar et, cette fois, il était bien réel.

– *Car le soldat brillant et le dragon rusé sont des alliés de Thèbes!*

Je n'ai pas reconnu ma voix. Comme si, Pélopidas et Néochoros me le diraient plus tard, un dieu s'était exprimé à travers moi. Ma tête était sur le point d'exploser; la douleur m'a fait tomber à genoux. J'ai entendu un hurlement de rage au-dessus de moi. *Il va me tuer,* j'ai pensé.

On m'a raconté que je me suis alors étalé par terre comme un tas de chiffes. Quand j'ai repris connaissance, Lysandre et sa garde avaient quitté Haliarte.

– Est-ce que tu te souviens de ce que tu as dit? m'a demandé Pélopidas.

– Non.

Je mentais.

– Tu t'es exprimé comme la Pythie de Delphes. Comme si… comme si Apollon le Brillant parlait à travers ta bouche. Et je te jure que tu as fait peur à Lysandre. Tu lui as *fichu la trouille*, Héraclios ! Quand tu as perdu connaissance, il était dans tous ses états. Il a exigé de savoir qui tu étais. Je lui ai dit qu'on ne te connaissait pas, que tu n'étais pas d'Haliarte, que tu étais peut-être un réfugié de Lébadée.

– Et il a dit quoi ?

– Je crois que ça l'a troublé encore plus et j'en ai profité pour souffler aux magistrats de lui demander du temps pour réfléchir à sa proposition. Lysandre a déclaré qu'il leur laissait jusqu'à la fin du jour et que, sans nouvelles de leur part à la tombée de la nuit, il considérerait Haliarte comme une ennemie. Puis il a fait signe à sa garde, il a tourné les talons et il est parti. Il était furieux ! Et c'est entièrement de ton fait.

– Je… je suis désolé. Je ne voulais pas ça.

– Tu n'as pas à l'être, a souri Pélopidas. Au contraire ! Les magistrats d'Haliarte étaient sur le point de lui céder, et toi, tu convoques un dieu d'on ne sait où. C'était génial, Héraclios ! À présent, Lysandre a les foies et tout le monde à Haliarte est persuadé que l'Olympe est avec nous.

– Tu le penses, toi aussi ? j'ai demandé.

– Disons que ta prestation était assez…

impressionnante. Mais pas autant que l'effet qu'elle a produit sur Lysandre. On dit que les Spartiates sont d'une superstition maladive, et je n'ai pas de mal à le croire maintenant. Il fallait le voir, le Maître de la Grèce, le grand général à qui on dresse des autels et qu'on vénère comme le nouvel Arès, à la limite de se pisser dessus parce que tu lui as parlé d'un soldat brillant et d'un dragon !

– C'est ce que j'ai dit ? j'ai feint de demander.

– Oui. Tu sais ce que ça signifie ?

– Absolument pas, j'ai de nouveau menti.

Pélopidas a souri.

– C'est drôle, parce que moi, ça m'a immédiatement fait penser à Néochoros et à toi. À cause des emblèmes sur vos boucliers. Peut-être, a-t-il ajouté sur un ton malicieux, que vous peuplez les cauchemars du Maître de la Grèce, qui sait ?

Alors que je reprenais mes esprits, Étéoclès est rentré au camp de Lysandre. Je ne pouvais bien sûr pas deviner ce qui se passait dans le camp ennemi, mais j'ai appris ultérieurement les événements qui s'y sont déroulés et je vais les narrer maintenant, afin de respecter la chronologie du récit.

Étéoclès, évidemment, ignorait tout de ce qui venait de se produire entre les murs d'Haliarte. Il était aussi loin de se douter qu'un espion avait rapporté à Lysandre qu'il avait fait halte à Thèbes, et que les Thébains lui avaient ouvert leurs portes.

Les Spartiates ont attendu qu'il mette pied à terre pour fondre sur lui, lui assener une pluie de coups de poing et de pied et, quand il a été trop faible pour se débattre (vu sa carrure, il avait dû falloir une bonne dose de beignes), ils lui ont attaché les mains dans le dos. Puis ils ont traîné cette épave sanglante sous la tente de leur général et l'ont lâchée sur le sol, face contre terre. Bientôt, Étéoclès a perçu au-dessus de lui la voix tranchante de Lysandre.

– Je ne veux entendre qu'une seule chose de ta bouche. Pourquoi t'es-tu rendu à Thèbes ?

Étéoclès ne s'attendait pas à ça. Il avait pris tant de précautions pour s'assurer qu'il n'était pas suivi ! Pour son malheur, il avait oublié que rien ni personne n'échappait au Maître de la Grèce. Le temps qu'il ouvre la bouche, les soldats s'étaient de nouveau déchaînés sur lui.

– Je ne répéterai pas ma question, Étéoclès.

L'esprit embrumé par les chocs qu'il venait de recevoir, il a rapidement tenté de trouver une réponse convaincante.

– Les Thébains me tenaient, mon général, il a menti, un goût de sang et de terre mêlés dans la bouche. Ils m'avaient intercepté quand Pausanias m'a envoyé à toi la première fois. Ils m'avaient relâché à la condition que je revienne leur livrer ton plan de bataille. J'avais accepté en projetant de leur donner un plan faux. C'est ce que j'ai fait.

D'une parole, Lysandre a congédié les soldats. Étéoclès a entendu leur pas lourd s'éloigner. *Nous voilà seuls*, il a pensé, ce qui ne l'a pas du tout rassuré.

– Et qu'as-tu raconté aux Thébains ?

– Que tu avais demandé au roi Pausanias de rester sur ses positions. Que tu allais lancer seul un assaut sur Haliarte dans l'espoir qu'ils sortent de Thèbes, et que Pausanias les prendrait alors tous à revers. Je leur ai conseillé de rester retranchés dans Thèbes.

Un silence a suivi et, un instant, Étéoclès a cru qu'il avait gagné. Alors il a senti une poigne agripper ses cheveux et une main de fer relever sa tête. Le visage de Lysandre était contre le sien.

– J'aimerais pouvoir te faire confiance, il a murmuré. Au nom de toutes ces campagnes que tu as faites à mes côtés.

Étéoclès avait beau baisser les yeux, il ne pouvait pas échapper à la présence de son terrible général, sa voix déformée par une fureur froide, le relent de son haleine fétide et ses doigts crispés dans ses cheveux – à lui brouiller la vue de douleur.

– Mais vois-tu, je me suis rendu à Haliarte pendant ton absence et il est arrivé une chose pour le moins curieuse. Cependant, plus j'y pense, plus je me dis que cet incident a à voir avec ta trahison.

Un silence a succédé à ses paroles. Étéoclès attendait, il n'avait aucune idée de ce qui venait de se produire à Haliarte.

– J'avais réuni les habitants pour les convaincre de m'ouvrir les portes de la ville sans faire couler le sang, a poursuivi Lysandre. Et j'étais sur le point d'y parvenir, quand un jeune homme m'a demandé des gages de ma victoire contre Thèbes. Je lui ai répondu que j'avais reçu un oracle qui allait dans ce sens. Alors un autre garçon s'est avancé vers moi et a affirmé d'une voix d'outre-tombe que je mentais, que l'oracle était contre moi, que *le soldat brillant et le dragon rusé* étaient dans les rangs des Thébains. Puis il a perdu connaissance et les habitants d'Haliarte ont prétendu qu'ils ne le connaissaient pas. « Le soldat brillant et le dragon rusé. » Il n'y a qu'à toi, Étéoclès, que je me suis confié sur cette prophétie. Comment expliques-tu qu'un jeune homme inconnu y fasse allusion devant moi à Haliarte ?

Étéoclès était salement amoché, mais il ne s'est pas laissé démonter. Il ne savait pas si Lysandre bluffait ou s'il disait la vérité, et il avait parfaitement conscience qu'au jeu de la ruse, personne n'avait jamais gagné contre lui. Mais l'instinct de survie était plus fort et il allait tout faire pour prolonger la partie.

– C'est peut-être Apollon le Brillant qui a parlé à travers lui, n'est-ce pas ? il a murmuré. Pour te dissuader d'attaquer...

– C'est ce que je me suis dit au début. Mais plus j'y repense, plus le visage de ce garçon m'apparaît familier. Je suis certain de l'avoir déjà vu. Une beauté pareille, ça ne s'oublie pas...

Étéoclès a alors compris que Lysandre parlait de moi et il n'a pas pu retenir un cri de surprise. Un cri peut-être infime, mais qui n'a pas échappé à son général.

– Tu sais de qui je parle ! s'est écrié Lysandre.

– N... Non, a menti Étéoclès.

– Tu me déçois terriblement.

Lysandre a relâché sa poigne et le visage de son prisonnier est retombé sur la terre battue. Dans son dos, Étéoclès a alors senti le tranchant glacé d'une lame contre sa main droite, à la charnière du pouce.

– Tu te souviens de cet amiral athénien qui voulait qu'on coupe le pouce à tous les prisonniers pour qu'ils ne puissent plus se servir de leur lance ? Cet idiot que j'ai vaincu à Aïgos Potamos et qui tremblait à l'idée qu'on lui fasse la même chose, jusqu'à ce qu'il comprenne que son châtiment serait la mort ? Avant de partir, il m'aura donné une bonne idée de la peine à appliquer aux traîtres. Du moins, à ceux qui se repentissent.

Étéoclès a à peine eu le temps de réaliser ce qui allait suivre qu'une douleur insoutenable lui a vrillé la main. Il s'est mis à éructer des sons dont il ne soupçonnait pas qu'ils pouvaient émaner de lui. Et derrière ces hurlements, il percevait toujours la voix imperturbable de Lysandre.

– Tu ne seras plus jamais soldat dans l'armée de Sparte, Étéoclès, mais je te donne une chance de t'en tirer avec la vie sauve. Dis-moi la vérité à la question que je t'ai posée tout à l'heure, ou je te laisse te vider de ton sang.

Étéoclès n'avait aucune envie de donner à Lysandre une autre explication sur sa halte à Thèbes. Quoi que son général lui raconte, il allait mourir. Il l'avait vu trop de fois promettre la grâce et tuer par-derrière. Avant de sombrer dans l'inconscience, il s'est souvenu du message qu'il avait convenu, avec le roi Pausanias, de lui délivrer : « Pausanias est coincé dans la montagne. Les convois qui devaient l'approvisionner en vivres se sont fait attaquer par des pillards et il attend un nouveau ravitaillement. Il ne sera donc pas là demain à l'aube. » Mais il n'a rien dit. À présent qu'il savait qu'il s'était rendu à Thèbes, Lysandre comprendrait bien qu'il s'agissait d'un coup monté, échafaudé contre lui par le roi.

Avant de perdre connaissance, Étéoclès a pensé que leur unique espoir désormais était que Lysandre attaque Haliarte le lendemain, croyant que Pausanias le rejoindrait, et qu'il périsse dans l'assaut.

10.

Je me remettais doucement de mon évanouissement, sans réaliser que ma bravade pouvait être fatale à Étéoclès. Pélopidas, lui, se demandait quel impact l'incident allait avoir sur Lysandre. Il était assis à mon côté, dans le bâtiment du Conseil où on m'avait porté pour me mettre à l'abri de la morsure du soleil. Mais même à l'intérieur, l'air était étouffant.

– Peut-être qu'il n'attaquera pas, en fin de compte. Mais s'il fait le choix de ne pas combattre, sa réputation en prendra un coup…

En parlant, Pélopidas avait approché sa main de la mienne. J'étais sur le point de la saisir quand quelqu'un a déboulé dans la pièce.

– Héraclios ! s'est exclamé Néochoros. Tu es réveillé !

Une pointe de frustration a traversé le regard de Pélopidas, mais il l'a chassée avec un sourire.

– Oui, il a répondu à ma place, et il est d'ailleurs grand temps que nous nous préparions au combat.

En sortant de l'édifice, j'ai eu un temps d'arrêt. Sur l'agora, personne n'avait bougé, comme si Lysandre haranguait encore la foule. Des cris de triomphe se sont élevés à notre vue. Je me suis tourné vers Néochoros et Pélopidas. Le premier semblait ébahi. Le second m'a souri.

– Ils t'acclament, il a commenté.

– T'es pas sérieux, j'ai dit.

Mais il n'avait pas l'air de plaisanter. Je me suis arrêté au milieu des marches et j'ai pris le temps d'observer les habitants massés sur la place. Les regards étaient braqués sur moi, les bras dressés vers le ciel. Au pied des marches, les magistrats semblaient m'attendre, une couronne de feuillages tressés à la main. J'ai eu un étourdissement qui n'avait, cette fois, rien à voir avec le soleil. Pélopidas a posé sa main sur mon épaule pour m'encourager à avancer. J'ai descendu le reste des marches, pantelant. Un des magistrats, celui qui avait accueilli Lysandre, a fait un pas en avant et m'a coiffé de la couronne. Ses yeux étaient brillants, ses mains tremblaient : il était au moins aussi ému que moi.

– Tu dois leur parler, m'a soufflé Pélopidas.

– Moi ? Mais qu'est-ce que tu veux que je leur dise ?

– À toi de décider, c'est toi le héros !

J'ai alors compris ce que je représentais pour les habitants d'Haliarte : le messager d'un dieu. Un dieu qui les avait appelés, à travers ma bouche, à se dresser aux côtés de Thèbes contre Lysandre. Apollon avait-il pu s'exprimer à travers moi ? Le Brillant appelant à la vengeance parce que Lysandre avait un jour tenté de corrompre ses grands prêtres de Delphes ? Peut-être n'y avait-il là qu'une coïncidence… mais ces gens y croyaient, et je devais endosser le rôle qu'ils souhaitaient que je joue. C'était vertigineux.

Les hourras s'étaient apaisés, la foule attendait à présent que je m'exprime. Je me suis éclairci la gorge.

– Habitants d'Haliarte ! j'ai tonné d'une voix que je voulais grave et assurée, avec la désagréable impression d'imiter Lysandre.

J'ai tourné la tête vers Pélopidas, qui m'a encouragé d'un sourire.

– L'homme qui est venu vous parler tout à l'heure, ce général de Sparte qui se fait appeler le Maître de la Grèce, a il y a quelques années tenté de renverser la royauté de Sparte en essayant de créer un faux oracle. Le roi Pausanias le sait. C'est pourquoi, contrairement à ce que cet homme vous a laissé croire, il n'interviendra pas à ses côtés contre Haliarte et contre Thèbes. Pausanias souhaite qu'il tombe, lui aussi. Quant aux dieux, ils gardent en mémoire toutes les offenses que cet homme leur a faites au fil du temps. Tout à l'heure, ils lui ont donné un avertissement. Et s'il persiste, ils l'anéantiront.

Je ne réfléchissais pas vraiment à ce que je disais. Mes joues étaient en feu. J'entendais presque la petite voix de Lysias me souffler : « Tu aurais dû suivre mes cours de rhétorique ! » J'ai de nouveau tourné la tête vers Pélopidas et ai eu la surprise de lire sur son visage quelque chose qui ressemblait à de l'admiration. Ça m'a donné du courage.

– Si Lysandre tente de prendre votre cité demain matin, sachez que l'armée de Thèbes l'attendra en embuscade et qu'elle l'attaquera dès qu'il chargera contre vos murailles. Nous sommes en capacité de le détruire, habitants d'Haliarte ! Il faut que vous en soyez convaincus lorsque nous prendrons les armes pour combattre.

Une vague de rugissements a suivi mes paroles. J'ai senti une claque dans mon dos. C'était Pélopidas.

– Tu vois que tu as l'étoffe d'un chef, il m'a glissé, visiblement ému.

Lysias serait peut-être fier de moi, après tout, j'ai songé. Je me suis dit qu'une fois à Athènes il faudrait que j'aille suivre un de ses cours. Alors mon nom s'est élevé. Ou plutôt mon surnom, celui que m'avait donné Pélopidas : « Fils d'Apollon ! Fils d'Apollon ! » Et aussi « Gloire à Thèbes ! », « À mort Lysandre ! », « Assez de l'oppression ! ». Les magistrats m'ont pris les mains, et dans cette grande agitation Pélopidas leur a demandé de sonner le rassemblement de tous les habitants en âge de combattre.

Assez peu d'hommes possédaient un équipement de fantassin digne de ce nom, mais le nombre total des volontaires dépassait nos espérances. Beaucoup de femmes, de jeunes, et aussi des vieillards insistaient pour apporter leur aide d'une manière ou d'une autre : jeter des projectiles du haut des murailles, porter secours aux éventuels blessés et, s'il le fallait, lutter en dernier recours avec les armes à leur disposition, couteaux, fourches, pierres saillantes.

J'ai pensé à Phryné, à Myrto. Elles aussi auraient été les premières à insister pour se battre. Quelque part, je regrettais qu'elles ne soient pas là, à mes côtés, même si j'étais soulagé de les savoir loin du danger. Je pensais à Thémis aussi, et à mon beau-frère Androclès, qui devaient trépigner d'impatience à Thèbes. Et sans doute me maudire.

C'est Pélopidas qui s'est chargé d'organiser les

opérations. Il a planifié des tours de garde sur les murailles pour la nuit et a commandé à tous les fantassins de se tenir en armes, devant les portes, aux premières lueurs du jour. Puis il a expliqué aux habitants son plan de bataille. Ceux qui n'avaient pas d'équipement de fantassin seraient massés en haut des murailles. Si les hommes de Lysandre tentaient de prendre la cité d'assaut, ils les bombarderaient de projectiles, histoire de gagner du temps. La phalange thébaine, commandée par Isménias, arriverait alors par la route de Thèbes pour prendre l'ennemi à revers, et les fantassins, postés derrière les portes, profiteraient de l'effet de surprise pour se ruer sur Lysandre et ses mercenaires. Pélopidas a conclu son discours en exhortant les habitants à aller se reposer pour être en forme le lendemain, hormis bien sûr ceux qui prenaient leur tour de garde, et il a montré l'exemple : lui, Néochoros et moi devions nous lever tôt pour prendre le premier quart avant le lever du soleil.

– Alors ? il m'a chuchoté une fois que nous avons été allongés sur nos paillasses dans le bâtiment du Conseil. Qu'est-ce que ça fait de se sentir comme un dieu ?

– Tu veux savoir ? Je m'en serais bien passé.

– Ce qui m'impressionne, il a continué plus sérieusement, c'est que ça ne te monte pas à la tête.

Tu es jeune, vigoureux, beau comme Apollon, intelligent, libre bien sûr, tu viens de la cité qui a produit ce qui se fait de plus brillant dans le monde grec, tu sembles chéri des dieux et, pourtant, la gloire que tu en retires paraît t'étonner. Comme si c'était une erreur.

Heureusement, dans la pénombre, il n'a pas vu mes joues rougir.

– Je ne suis rien, Pélopidas. J'ai grandi dans le quartier le plus pauvre d'Athènes. J'étais docker et rameur dans la flotte. Il y a quelques années, j'ai dû mendier et vendre mon corps pour manger. La seule chose que j'ai toujours eue, c'est la liberté. C'est pour ça que me battre pour elle est si important pour moi.

– Et c'est pour ça que tu accompliras ce que tu dois accomplir.

– Tuer Lysandre ?

– Mener nos forces à la victoire.

Un ronflement nous a interrompus. Néochoros avait trouvé le sommeil plus facilement que la nuit précédente ; il dormait paisiblement, front contre front avec le géant Mostis. Cette scène m'a ému et je les ai observés. J'ai alors senti la main de Pélopidas se glisser dans la mienne. Nous avons mêlé nos corps, sans rien nous dire. Ce n'était pas du tout la même chose qu'avec Étéoclès ; moins passionné, plus tendre aussi. Je savais, toutefois, que cette relation serait sans lendemain, car Pélopidas faisait partie des meilleures familles de Thèbes. J'avais d'ailleurs remarqué qu'un de ses soldats, un tout jeune homme qui devait avoir à peine vingt ans, le dévorait des yeux et me jetait des coups d'œil méfiants quand je me trouvais dans les parages. Ce serait lui, sans aucun doute, ce jeune Thébain issu du même milieu que lui, qui deviendrait son amant.

– C'était bien, il a soufflé avant que nous nous étendions sur nos paillasses pour dormir.

Quelques heures plus tard, les soldats qui rentraient du tour de ronde précédant le nôtre nous secouaient pour nous éveiller.

La nuit tendait encore sa couverture étoilée sur la plaine de Béotie mais il faisait déjà chaud, la température n'était pas redescendue au cours de la nuit. Pélopidas, prêt le premier, m'a aidé à revêtir ma cuirasse, tandis que Mostis harnachait celle de Néochoros. Mes paupières étaient lourdes, mes membres engourdis, mes yeux picotaient, mais marcher jusqu'aux murailles, même engoncé dans ce plastron inconfortable, m'a fait du bien. Nous nous sommes hissés sur le chemin de ronde et avons balayé du regard l'horizon encore plongé dans l'obscurité, la masse noire et déchiquetée des montagnes sur notre gauche, les eaux noires du lac Copaïs à main droite. Un jour de bataille n'allait pas tarder à se lever. *Et pas n'importe quelle bataille*, j'ai pensé. Alors je me suis rendu compte que, pour la première fois depuis des années, je n'avais pas rêvé de la plage d'Aïgos Potamos.

Nous sommes restés sans parler, à remplir notre devoir de sentinelle, jusqu'à ce que l'aube rougeoie et que le soleil entame sa course sur son char d'or. Alors, seulement, les hommes affectés au deuxième tour de garde de la journée se sont hissés sur le chemin de ronde pour nous remplacer. Nous sommes redescendus. Comme Pélopidas le leur avait demandé, les fantassins d'Haliarte attendaient devant les portes ; ils nous ont salués avec respect. Pélopidas a inspecté la troupe comme un chef déjà aguerri et il a placé un de ses hommes en tête de chaque rangée, de manière à être sûr que la troupe manœuvrerait comme il le voudrait. J'ai attendu qu'il gagne la place du commandement, à droite, mais il a insisté pour que ce soit moi qui la prenne.

– Je ne sais pas diriger, Pélopidas, j'ai objecté. J'étais marin. Je me suis très peu battu dans l'infanterie, c'est à peine si je sais manœuvrer.

– Hier, tu ne savais pas haranguer les foules et tu t'en es très bien tiré, il a rétorqué.

J'ai donc pris la place la plus à droite et Néochoros

s'est glissé à ma gauche pour que je le protège de mon bouclier. Ça me faisait tout drôle; j'avais l'impression de me trouver dans la peau de Thrasybule, avec quelques années de moins.

– C'est simple, Héraclios, m'a glissé Pélopidas. Quand les portes s'ouvriront, tu crieras « en avant! » et on foncera dans le tas.

Dit comme ça, ça paraissait facile.

S'est ensuivie une dure attente. Le temps était comme suspendu. D'en bas, on ne pouvait pas voir ce qui se passait derrière les portes, nos informations dépendaient des guetteurs postés sur les murailles. Comme toujours, Pélopidas avait l'air détendu mais je pense que la même question nous taraudait, lui et moi: si Lysandre attaquait, Isménias et les Thébains seraient-ils là pour le prendre à revers? Nous n'avions aucun moyen de nous en assurer. Néochoros, lui, avait la gravité de ceux qui n'ont rien à perdre. Il avait traversé tant d'épreuves que j'avais peur qu'il ne se jette dans la bataille sans chercher à préserver sa vie. J'espérais, moi, qu'il surmonte son désespoir, qu'il bâtisse son avenir en reconstruisant sa cité. Et qu'il retrouve sa sœur Ésychia.

La trompe a fini par retentir.

– Ils arrivent! a crié une sentinelle.

Pélopidas a quitté le rang pour aller jeter un œil d'en haut.

– Une formation classique, il nous a décrit. Plus resserrée qu'hier, pour gagner en profondeur.

J'ai serré ma main sur le manche de ma lance, prêt à charger.

– Ils viennent de faire halte afin de rester hors de portée de nos flèches, a poursuivi Pélopidas.

Je l'ai vu agiter les bras pour narguer l'ennemi.

– Salut à toi, Maître de la Grèce!

Nous avons ri. Je brûlais d'envie de lui demander s'il avait vraiment aperçu Lysandre à cette distance et, sans que je la lui pose, il a partiellement répondu à ma question:

– Les Spartiates ont pris l'aile droite.

Ce n'était pas étonnant. Le bouclier couvrant le côté gauche du corps, l'autre étant exposé, on plaçait pour compenser à droite les plus forts et les plus agiles. Quant au chef, on le trouvait invariablement à la place d'honneur, l'extrémité de l'aile.

Pendant un long moment, il ne s'est rien passé. Nous avions tous très chaud, on supportait mal notre barda. Au bout de plusieurs heures, on a commencé à relever nos casques, poser nos boucliers et nos lances, bouger nos membres pour leur éviter de s'engourdir. Cette attente anormale nous tapait aussi sur les nerfs. C'était peut-être la tactique de Lysandre: nous faire poireauter jusqu'à ce qu'on baisse la garde. Pélopidas a fini par redescendre et demander qu'on nous ravitaille. Des femmes et des jeunes ont accouru avec des outres d'eau.

– Peut-être qu'il ne fait que nous jauger, il m'a dit. Ou alors, il espère encore que Pausanias va arriver. Peut-être qu'Étéoclès n'est pas parvenu à destination et que Lysandre se demande ce que le roi fabrique...

Après avoir bu et nous être dégourdi les jambes, nous nous sentions un peu mieux. Pélopidas a regagné son poste sur la muraille et l'attente a repris. De temps en temps, des femmes d'Haliarte traversaient les rangs avec des plats remplis d'olives, de galettes d'orge, de fromage à croûte dure et bien sûr des outres d'eau. Elles nous épongeaient aussi le visage et la nuque avec des linges humides. Grâce à elles, nous avons pu tenir. En haut des murailles, je supposais que Pélopidas et les sentinelles scrutaient l'horizon, qu'ils échangeaient, tentant de deviner ce qui se tramait devant eux. Enfin, alors que le soleil entamait sa course descendante, notre chef s'est penché sur nous.

– Ils apprêtent un bélier, il a crié. Tenez-vous prêts!

Pélopidas ne plaisantait plus du tout, le ton de sa voix était même un peu nerveux.

– En place ! j'ai relayé aux fantassins.

Isménias, c'est le moment d'intervenir, j'ai pensé en abaissant ma lance. Néochoros s'est tourné vers moi.

– Le grand moment est arrivé, il a soufflé.

Je crois que les instants qui ont suivi ont été les plus éprouvants de ma vie. Je fixais les deux panneaux de bois, attendant le coup de bélier qui les ébranlerait et la horde qui déferlerait alors. Ne rien voir de ce qui se passait derrière les portes n'arrangeait pas les choses. De temps à autre, je levais les yeux vers la silhouette figée de Pélopidas, en haut de la muraille, espérant qu'elle me livrerait un signe de l'arrivée des Thébains.

– ILS SONT LÀ ! il a hurlé.

J'ai cru qu'il faisait allusion au bélier et je me suis crispé. Mais c'est un Pélopidas exultant de joie qui s'est retourné vers nous.

– Les Thébains les attaquent sur leur flanc gauche ! À nous de les prendre à revers !

Une vague de hourras a parcouru les rangs. C'était un sentiment fantastique. On se sentait pousser des ailes, on savait désormais la victoire à portée de lance. *Cette fois*, je me suis dit, *la peur a réellement changé de camp*.

– Ouvrez les portes ! a rugi Pélopidas en redescendant du chemin de ronde. En avant !

Le temps que les lourds panneaux se meuvent, il avait repris ses armes et sa place au premier rang. J'ai brandi mon bouclier devant Néochoros, pointé ma lance en avant, et les portes se sont ouvertes sur la plaine. Nous nous sommes élancés en hurlant.

La troupe de Lysandre était devant nous, prise dans un énorme nuage de poussière, en train de pivoter pour faire face à l'attaque surprise d'Isménias sur son flanc gauche. C'est peut-être le fait d'un dieu, peut-être une coïncidence, je ne le saurai jamais, mais quand les portes se sont ouvertes, l'extrémité de leur aile droite s'est trouvée exactement devant nous.

L'homme qui se trouvait en bout de ligne, coiffé d'un casque à cimier, a hurlé de stupeur : son flanc était complètement exposé à nos piques. Néochoros et moi, pris dans notre lancée, l'avons frappé de plein fouet. Il a chuté au sol et nous l'avons lardé de coups de lance.

Mais ce n'était pas Lysandre. Sans doute un de ses officiers, placé en protection de son général. *Peut-être Étéoclès*, j'ai pensé, ignorant que sa trahison avait été mise au jour. Je n'ai pas eu le temps de m'en émouvoir. Le soldat qui se trouvait à gauche de l'homme tombé au sol a fait volte-face, et cette fois j'ai su que nous avions devant nous le Maître de la Grèce.

J'ignore ce qu'a pu représenter pour lui la vision de ces deux hommes casqués, émergeant de la poussière, le bouclier de l'un frappé d'un soleil, celui de l'autre orné d'un dragon. Peut-être s'est-il dit que les dieux existaient, en fin de compte, et que les prophéties étaient faites pour s'accomplir.

Il ne s'est pas démonté pour autant. Je me trouvais devant ; il m'a attaqué d'un coup de lance sec et précis. Je l'ai paré in extremis, mais le poids de mon bouclier m'a déstabilisé et je me suis senti partir en arrière. Heureusement, Néochoros était derrière moi pour me rééquilibrer. Alors, tout d'un coup, la peur m'a saisi. Lysandre avait beau ne plus être dans la fleur de l'âge, c'était un fantassin rompu à l'art de la guerre, comme l'ensemble des Spartiates. Les chefs n'étaient pas seulement choisis pour leurs aptitudes au commandement, mais aussi pour leur bravoure, leur ténacité, leur force et surtout leur habileté au combat.

J'ai fait trop tard ce terrible constat : je n'étais pas de taille. Il a paré à mon coup de lance sans difficulté, m'a repoussé et a brandi sa propre pique vers mon corps exposé. Cette fois, la pointe a heurté mon front, juste au-dessus de l'arcade. J'ai senti une vive brûlure et mon casque a volé en arrière. Si Néochoros n'avait pas donné un coup de lance désespéré pour le repousser, sa pique aurait une nouvelle fois trouvé mon visage et, cette fois, l'aurait transpercé.

Il a eu un temps d'arrêt à ma vue.

– Alors c'est toi, le « soldat brillant » ? Un homme qui ne sait même pas se servir de sa lance ?

Néochoros et moi reprenions notre souffle.

– Parce que je suis un marin, j'ai répliqué. Un

survivant du massacre d'Aïgos Potamos venu pour venger tes victimes.

Il est parti d'un grand rire, un ricanement cruel qui m'a vrillé les oreilles. Alors je me suis souvenu du visage qui se cachait sous ce casque et j'ai revu la plage, les navires en flammes et mes compagnons prisonniers, à sa merci. J'ai revu mon père et mon oncle juste avant que je ne me sépare d'eux, et mes deux copains Éole et Mastard avec qui je m'étais éloigné, j'ai réentendu les blagues qu'on se faisait en rigolant bêtement, du genre « tu connais la différence entre un Spartiate et un miroir ? », puis les cris de panique qui s'étaient élevés de la plage.

J'ai vu rouge et ai chargé. Dans un grand *crac*, ma pique s'est brisée contre le bouclier de mon ennemi. Néochoros a brandi la sienne pour le tenir à distance, le temps que je tire mon épée de son fourreau. Lysandre a de nouveau ricané.

– Et qui est le « dragon rusé » ?

D'un coup de semelle, il a envoyé une gerbe de poussière dans notre direction, ce qui a eu pour conséquence de nous brouiller la vue à tous ; mais lui disposait de l'effet de surprise et a frappé dans la direction de Néochoros. Quand la pique de mon compagnon a cessé de me protéger, Lysandre m'a une nouvelle fois attaqué. Il a frappé bas, sur ma cuisse sans protection, puisque j'avais élevé mon bouclier contre mon visage, et j'ai senti la pointe affûtée de sa lance transpercer ma chair.

J'ai hurlé et me suis effondré en toussant. Mes yeux brûlaient, agressés par la poussière, la douleur et l'humiliation. *Ça ne peut pas finir comme ça*, j'ai pensé. Avec cette cuirasse sur le dos, le bras entravé dans mon bouclier, il m'était impossible de me relever. Je me suis mis à battre furieusement des jambes pour l'empêcher de piquer de nouveau cette partie vulnérable de mon corps, mais la douleur à ma cuisse gauche m'en a très vite empêché. J'ai vu son ombre m'envelopper, sa main relever mon bouclier et sa lance trouver mon cou.

C'est fini, je me suis dit. *Il va gagner, une fois de plus.*

En silence, j'ai invoqué Athéna, Apollon le Brillant et la déesse Héra, dont je portais le nom. J'ai aussi songé à mes parents que j'allais rejoindre dans le monde souterrain et j'ai fermé les yeux.

Il y a eu un hurlement, mais pas le mien.

Néochoros avait ressurgi du nuage de poussière et frappé Lysandre au flanc. Déséquilibré, le Bourreau d'Athènes a chuté à son tour. Néochoros est revenu vers moi, s'est débarrassé de sa lance et de son bouclier et m'a libéré du mien, avant de m'attraper le bras pour m'aider à me relever. Il m'avait sauvé la vie.

– Merci, je lui ai simplement dit.

Quand j'ai voulu prendre appui sur ma jambe gauche, j'ai manqué de m'écrouler de nouveau. Néochoros a glissé mon bras autour de son cou pour m'aider à marcher, et nous nous sommes approchés de Lysandre.

Notre ennemi gisait au sol, empêtré dans sa cuirasse.

– À moi ! il beuglait. À moi !

Mais les troupes de Thèbes et d'Haliarte avaient repoussé ses hommes plus loin et il n'y avait plus personne pour le secourir.

– Le « dragon rusé », a déclaré Néochoros en se penchant sur lui, vient de Lébadée.

Lysandre était recroquevillé sous son bouclier. Il n'avait plus rien d'un demi-dieu, c'était un soldat à terre, désarmé, vulnérable. Autrement dit, plus rien. Pour un peu, il m'aurait fait pitié.

– À toi l'honneur du coup de grâce, m'a lancé Néochoros.

J'ai serré la main sur le manche de mon épée et j'ai pris une inspiration, pensant très fort à mon père. Dix années après sa mort, les dieux m'accordaient la revanche inespérée sur son bourreau. Alors j'ai repensé aux paroles de Pélopidas : « Ne laissez pas les passions aveugler votre raison… La guerre, ça a à voir avec les valeurs… Ce n'est pas une question de vengeance personnelle. »

– Je ne frappe pas un homme à terre, j'ai déclaré. Je ne suis pas comme lui.

Néochoros s'est tourné vers moi, révolté.

– Nom de Zeus, Héraclios, tu veux qu'il se relève et qu'il nous tue ?!

– Faisons-le prisonnier. Il sera jugé par les cités à qui il a fait du tort.

Néochoros s'est alors écroulé en hurlant. Lysandre avait profité de nos atermoiements pour tirer son épée de son fourreau et le frapper aux mollets.

– Tu aurais dû écouter ton ami, il a hoqueté.

Je l'ai vu avec horreur se redresser. Alors je n'ai pas hésité. Je me suis jeté sur lui avant qu'il ait le temps de se relever et, déséquilibré par le poids de son bouclier de bronze, il est retombé dans un fracas de métal. J'ai alors saisi son casque, le lui ai arraché du visage et, à la vue de sa face hideuse et couturée, j'ai plongé mon épée dans sa gorge. Il a eu un spasme et ses yeux se sont révulsés.

Avant de sombrer dans l'inconscience, j'ai su que c'en était bel et bien fini du Maître de la Grèce.

LE RETOUR

. 11

Je ne me souviens que par bribes des heures qui ont suivi. J'avais perdu beaucoup de sang et j'alternais entre délires conscients et trous noirs. Néochoros, mon frère d'armes, est resté tout ce temps auprès de moi. On nous a conduits derrière les murs d'Haliarte, où des femmes de la cité se sont affairées à nous faire boire, à nous soigner. De la musique et des chants résonnaient dans les rues, comme pour une grande célébration. La rumeur de notre exploit circulait déjà. Nos soigneuses nous ont raconté que tout le monde se pressait pour nous voir et qu'elles devaient batailler pour qu'on nous laisse tranquilles ; elles ont fini par nous transporter dans la demeure d'un des magistrats.

La pièce était plongée dans la pénombre quand j'ai repris mes esprits : le soir tombait. Ma cuisse était enveloppée dans un bandage épais. En bougeant, la douleur s'est rappelée à moi et j'ai eu un gémissement, qui a attiré l'attention de Néochoros. Voyant que j'étais éveillé, il m'a souri.

– On l'a fait, il a simplement dit.

Le souvenir de notre combat au corps-à-corps avec Lysandre m'est alors revenu dans ses moindres détails. J'aurais dû exulter, mais à cet instant je peinais encore à me convaincre que tout était fini.

Je n'ai rien eu le temps d'ajouter que des visiteurs ont déboulé dans la pièce. À la lueur de leurs lampes à huile, j'ai reconnu Isménias, flanqué de Pélopidas et d'autres officiers thébains. Leurs cheveux étaient ébouriffés et couverts de poussière, leur peau zébrée d'estafilades, barbouillée de terre et de sang séchés. Visiblement, ils rentraient tout juste de campagne.

– On m'a signalé que tu venais de te réveiller, Héraclios, a déclaré Isménias avec un grand sourire. Tout le monde attend de vous voir, tous les deux. Profitez bien de vos derniers moments de tranquillité…

– Alors c'est vrai ? j'ai demandé. Vous les avez mis en déroute ?

– *Vous* ? a répété Isménias.

Au lieu de me répondre, les Thébains se sont esclaffés.

– C'est amusant, cette modestie qui te pousse à

t'exclure des événements importants. Ce n'est pas « vous », Héraclios, c'est « nous », tous ensemble. Et plus encore Néochoros et toi. L'ennemi aurait sans doute résisté bien davantage si vous n'aviez pas abattu Lysandre dès le début du combat.

C'était donc vrai. Il n'y avait pas de demi-dieu, pas de général indestructible. Et sans doute plus personne pour régner en tyran sur le monde grec comme le Bourreau d'Athènes l'avait fait. Les larmes me sont montées aux yeux. Néochoros l'a remarqué et il a passé son bras derrière mon épaule. Il était aussi ému que moi.

– Je vous transmets les remerciements de tout le peuple thébain pour cet immense service rendu à notre cité, a poursuivi Isménias. Je demanderai à l'Assemblée de vous faire citoyens d'honneur de Thèbes. Et pour répondre à ta question, oui, nous avons fait fuir les mercenaires de Lysandre pour de bon, en les pourchassant jusqu'au sommet de la montagne.

Son visage s'est rembruni.

– Avec malheureusement un peu trop de zèle… Leur arrière-garde nous a tendu des guets-apens dans les passes les plus étroites. Même en déroute, ils sont parvenus à nous infliger des pertes idiotes.

– Les dieux sont toujours là pour nous rappeler qu'il ne faut jamais en faire trop, a noté Pélopidas.

– Et maintenant ? j'ai demandé. Qu'est-ce qui va se passer ?

– Je vais rester avec mon armée devant Haliarte, a répondu Isménias. Il y a encore les forces de Pausanias… Si Sparte commande à son roi d'attaquer, nous n'aurons pas d'autre choix que de nous battre. J'ai envoyé un éclaireur à Thrasybule, pour lui demander de se tenir prêt à nous rejoindre.

J'ai soupiré. Le péril n'était pas encore complètement écarté et, dans mon état, j'étais impuissant à aider les Thébains.

– Encore une chose, et après je vous laisserai vous reposer. Nous nous sommes rendus maîtres du campement de Lysandre et vous serez sans doute intéressés, Néochoros et toi, par ce que nous y avons découvert.

D'autres personnes ont alors pénétré dans la pièce. Quatre soldats qui transportaient un brancard et à leur suite une jeune femme.

– Ésychia ! s'est écrié Néochoros.

Il s'est redressé d'un bond, malgré ses blessures aux jambes qui lui ont arraché un rictus de douleur, et s'est jeté au cou de sa sœur. C'était une toute jeune fille, aux épais cheveux châtains comme lui, ils se ressemblaient beaucoup. Ils se sont étreints en pleurant et j'en ai été saisi d'émotion. Mais je n'ai pas eu le loisir de contempler la scène, parce que les hommes qui portaient le brancard ont déposé leur chargement près de moi. Un blessé y était étendu, la main droite enveloppée dans un bandage qui n'avait rien à envier à celui qui recouvrait ma cuisse.

– Héraclios, a murmuré Étéoclès. Merci… Merci de nous avoir débarrassés de lui.

Son visage était boursouflé et violacé; j'ai eu peine à le reconnaître.

– Qu'est-ce qui t'est arrivé?

Il m'a raconté tout ce que j'ai livré plus tôt dans ce récit, à partir de son retour au camp de Lysandre. Il s'exprimait lentement et devait souvent s'arrêter, la gorge asséchée. Je l'ai aidé à se redresser et à se désaltérer.

– J'ai repris connaissance sous la tente où étaient parqués les esclaves. La jeune fille que tu vois ici m'envoyait des torgnoles pour me ramener à moi. C'était une de ces femmes qui avaient été prises à Lébadée. Elle avait été violentée, ses vêtements étaient des haillons, et pourtant elle m'est venue en aide spontanément, sans rien savoir de moi, sans savoir si ses actes auraient des conséquences. Il n'y avait rien sous cette tente, pas même de l'eau, et elle a arrêté l'hémorragie et nettoyé ma blessure avec les moyens du bord. Sans elle, je serais mort, Héraclios. Je me serais vidé de mon sang. Je venais de voir ce que l'humanité fait de pire et je voyais à présent ce qu'elle a de meilleur. «Va te reposer, j'ai fini par lui dire. De toute façon, il me tuera demain. » Elle m'a alors répondu une chose étrange, comme si elle savait ce qui allait se produire : « Peut-être que demain il ne sera plus là. » Je lui ai donné mon nom et lui ai demandé le sien. Quand elle m'a répondu « Ésychia », je me suis souvenu de ce que tu m'avais demandé à Thèbes. Je lui ai indiqué que quelqu'un l'attendait, quelqu'un qui se faisait du souci pour elle. Elle a poussé une exclamation, puis elle m'a parlé de son frère et de leur histoire. Je crois qu'on s'est donné mutuellement la rage de vivre encore un peu, cette nuit-là. Et le lendemain, sans le savoir, vous nous sauviez la vie, Néochoros et toi. En tuant Lysandre.

Je n'ai pas pu retenir mes larmes. Elles sont venues d'un coup et ont coulé en flot ininterrompu. Je m'en voulais terriblement de ne pas avoir fait confiance à Étéoclès, de l'avoir accusé à tort, d'avoir manqué de causer sa mort, d'être responsable de la mutilation qui l'empêcherait à jamais de se battre comme fantassin. « Pardon, je n'arrêtais pas de répéter. Pardon. » Dans un effort douloureux, il s'est redressé et m'a pris dans ses bras, et je me suis effondré sur son épaule.

Nous avons passé les jours suivants, Étéoclès, Néochoros et moi, en convalescence dans la maison où on nous avait portés. Les femmes d'Haliarte, qui continuaient à nous prodiguer des soins, étaient notre contact avec l'extérieur. Ésychia, elle, sortait peu. Néochoros tentait de l'interroger sur ce qu'elle avait subi, mais elle restait évasive. Elle était distante avec les hommes en général, même si nous faisions tout pour lui prouver que nous n'étions pas comme ses bourreaux.

Deux jours après la bataille au pied des murailles d'Haliarte, la trompe a retenti dans toute la ville. Les habitantes nous ont confirmé ce que nous craignions : l'arrivée de Pausanias, le roi de Sparte, à la tête de forces considérables. Les Thébains étaient campés devant la cité, prêts à faire face, et les hommes d'Haliarte massés sur les tours en couverture. Thrasybule et les Athéniens les ont rapidement rejoints, comme Isménias le lui avait demandé. Pendant une bonne partie de l'après-midi, les armées sont restées à se jauger. Nous avons attendu dans l'inquiétude. Enfin, alors que le crépuscule commençait à tomber, nous avons entendu résonner dehors ce qui ressemblait à des cris de joie. Nos soigneuses sont allées aux nouvelles et sont rapidement revenues, un large sourire aux lèvres.

– Les Spartiates ont demandé une trêve.

– Mon héros !

J'aurais reconnu les yeux fermés la voix tonitruante de Thrasybule. Il a traversé la pièce à grands pas et m'a soulevé de terre comme un ballot de chiffons, tandis que nos soigneuses lui hurlaient de faire attention – « malheureux, sa jambe ! » J'étais si heureux de revoir le visage radieux de mon général, de sentir son étreinte énergique, que je n'ai pas vu arriver mon cousin à sa suite, ni le direct du droit qui m'a renvoyé sur ma paillasse.

– Toi, tu vas me le payer !

Thémis était encore plus furibard que ce que j'avais imaginé. Pour l'empêcher de se jeter sur moi, ils ont dû s'y prendre à plusieurs, Thrasybule, Isménias et d'autres, tandis que Néochoros, Ésychia et les autres femmes se précipitaient sur moi pour s'enquérir de mon état. Tous avaient l'air choqué, mais le comique de la situation m'a fait éclater de rire.

– T'avais pas le droit, enflure ! hurlait mon cousin, plaqué au sol. T'avais pas le droit de partir te battre sans moi !

Une fois que Thémis a été traîné autoritairement hors de la pièce (on entendait encore, derrière la porte, toutes les insultes et les imprécations qu'il lançait contre moi), Thrasybule et Isménias sont revenus à notre chevet et nous ont confirmé que la campagne contre Sparte était gagnée.

Gagnée, je me suis répété.

Ils nous ont raconté que Pausanias les avait

approchés pour les prier de lui rendre la dépouille de Lysandre et des officiers spartiates tombés au pied des murailles. Nos chefs lui avaient rétorqué qu'ils ne les lui restitueraient qu'à la condition qu'il quitte la Béotie sans livrer bataille.

– Il s'est empressé d'accepter, a conclu Isménias en souriant. Pensez-vous, c'est exactement ce qu'il attendait ! En réalité, il se fichait bien de la dépouille de Lysandre...

– Pausanias a demandé de tes nouvelles, a ajouté Thrasybule en se tournant vers Étéoclès. Nous lui avons assuré que nous te renverrions auprès de lui une fois que tu serais rétabli.

– Je ne retournerai pas à Sparte, a rétorqué Étéoclès. Mon état ne me permettra plus jamais de combattre dans la phalange. Et un Spartiate qui ne peut pas porter sa lance n'est qu'un demi-citoyen.

– Je suis désolé, a dit Thrasybule tristement.

– Ne le sois pas, a répondu Étéoclès. Ça fait longtemps que la guerre ne m'intéresse plus. En tant que soldat, j'entends. J'ai commencé à écrire une histoire du conflit entre nos cités et je compte bien mener à terme cet ouvrage. Et vous savez le meilleur ? il a ajouté en souriant. Je n'aurai même pas de problème pour tenir ma plume : j'ai toujours écrit de la main gauche.

Nous avons ri.

– Tu sais que les portes d'Athènes te seront toujours ouvertes, lui a glissé Thrasybule.

Avant d'ajouter, en se tournant vers moi :

– Je crois d'ailleurs qu'il y a ici un jeune homme qui sera très heureux de t'accorder l'hospitalité.

Le visage d'Étéoclès a assez rapidement retrouvé son aspect et nos blessures ont cicatrisé correctement, grâce aux soins attentifs des habitantes d'Haliarte. Ma cuisse tirait encore et je boitais un peu quand nous avons repris le chemin de Thèbes, mais j'ai refusé de me faire porter. Étéoclès et Néochoros me soutenaient parfois, preuve de leur parfait rétablissement. Thémis, en revanche, refusait toujours de m'accorder la parole.

– Ça lui passera, m'a consolé mon beau-frère Androclès. Quand il a compris que tu étais parti pour Haliarte sans rien nous dire, il n'avait qu'une idée en tête, te tuer. Alors se contenter de bouder, c'est déjà une belle avancée !

Thèbes attendait ses héros. La ville était parée de fleurs, les rues envahies de monde, de musique et d'allégresse. Même Athènes, lorsque nous l'avions libérée des Trente, n'avait pas célébré le retour de la démocratie avec autant d'ardeur. Comme à Haliarte, la foule se massait pour apercevoir « le soldat brillant et le dragon rusé » qui avaient eu raison de Lysandre.

L'anecdote avait déjà fait le tour de la Béotie ; j'ignore comment elle s'est propagée.

– Héraclios !

Phryné a déboulé vers moi, plus rayonnante que jamais. Je lui ai ouvert les bras. Mais une fois devant moi, elle s'est arrêtée net et son sourire s'est transformé en un masque de fureur.

– NE ME REFAIS JAMAIS UN COUP PAREIL ! C'est moi qui ai dû dire à Thémis que tu étais parti avec les Thébains à Haliarte et, sacré nom de Zeus, il a fallu le supporter après ça ! Et je ne te parle pas de moi, du souci que je me suis fait pour toi !

J'ai pris un air penaud. Alors elle a éclaté de rire et m'a serré dans ses bras.

– Merci, beau gosse. Il ne nous manquera pas, l'affreux.

Nous avons gravi au son de la flûte la colline de la Cadmée. Une ribambelle d'enfants, des fleurs dans les cheveux, ouvrait la marche en dansant, suivie par une petite garde de soldats, des prêtres et les magistrats de la ville. Une fois en haut, Isménias nous a fait nous avancer, Néochoros et moi, et nous a coiffés d'une couronne de fleurs tressée.

Mon camarade a alors eu un comportement étrange. Il semblait chercher des yeux quelqu'un et, quand son regard s'est posé, il a retiré sa couronne. Il y a eu un grand silence gêné. Néochoros s'est alors avancé vers la foule et il a ceint de la coiffe le front de sa sœur.

– Cette couronne, il a déclaré, c'est Ésychia qui est digne de la porter. Elle a traversé des épreuves qu'aucun de nous n'aurait eu le courage de surmonter et a sauvé, au péril de sa vie, celle de notre compagnon Étéoclès. Et si j'avais eu une deuxième couronne, j'en aurais coiffé le front de Mostis. Sans lui, je me serais tué de désespoir. Mostis, toi qui as fidèlement servi ma famille, tu es aujourd'hui un homme libre.

Le géant thrace s'est mis à trembler d'émotion. Ésychia, elle aussi touchée par le geste de son frère envers l'ancien esclave de leur famille, a pris la grosse paluche de Mostis dans la sienne.

Après ce que venait de faire Néochoros, je ne pouvais pas garder sur le front ma propre couronne.

– Que le mérite revienne aussi à Phryné, j'ai déclaré en me tournant vers mon amie. Il y a quelques années, à Delphes, elle a percé un complot de Lysandre contre le gouvernement de Sparte. Elle a ensuite vécu avec la menace permanente d'être tuée par ses sbires, sans pour autant jamais témoigner la moindre peur. Elle a même, ces dernières années, été d'un grand soutien au général Thrasybule dans les décisions qu'il a eu à prendre pour Athènes.

Thrasybule et Étéoclès ont applaudi à tout rompre

et une grande vague de hourras s'est élevée de la foule. Phryné s'est tournée vers moi, les sourcils froncés.

– Tu me revaudras ça, petite canaille. Tu sais que j'ai horreur d'être au centre de l'attention !

Mais je savais qu'elle n'en pensait rien : son visage était fendu d'un large sourire.

Après trois jours de fête est arrivé le temps des au revoir. Néochoros et Ésychia étaient pressés de rentrer à Lébadée pour rebâtir leur cité, avec les rescapés qu'ils avaient retrouvés à Thèbes. Mostis, bien qu'affranchi, a décidé de les accompagner pour les épauler dans cette entreprise. Peut-être ensuite repartirait-il pour la Thrace. Nous nous sommes longuement étreints, Néochoros et moi. Nous allions nous manquer. Mais nous savions aussi que nous nous reverrions, dans sa cité ou la mienne, et que le temps pouvait passer sans altérer la complicité qui nous unissait. De son côté, Étéoclès a fait des adieux plus pudiques, mais non moins émouvants, à celle qui lui avait sauvé la vie. Il a fait promettre à Ésychia de regarder vers l'avenir et cette vie qu'elle avait devant elle. En retour, elle s'est tournée vers moi et m'a demandé de toujours veiller sur lui.

ÉPILOGUE

J'ai laissé en Béotie mes illusions de bonheur éternel. Mais au fond, tant mieux. Je profite de celui qui est à ma portée et, parfois, des belles surprises que les dieux me réservent.

Comme cette longue soirée d'été, au Pirée, une année après notre retour de Thèbes. Cette soirée parfaite que nous passions tous ensemble, Myrto, Androclès, Thémis (qui avait fini par me pardonner), Étéoclès et moi. La petite Clio babillait et furetait partout, pendant que nous enchaînions dans la bonne humeur les parties de dés et de mourre devant la maison d'Androclès et Myrto. Les cris des mouettes se mêlaient à ceux des enfants et des dockers qui se retrouvaient dans les tavernes après une journée de dur labeur.

Et puis, dans ce soir si doux, la trompe d'alerte a retenti dans tout le port. Évidemment, dans ce type de situation, on ne peut pas empêcher son cœur de dévaler la pente comme la pierre de Sisyphe. Nous avons tous eu la même pensée : les Spartiates revenaient avec leur flotte pour venger la mort de Lysandre. Nous nous sommes levés et Androclès a fait un pas pour descendre vers le port, mais je lui ai dit que nous ferions mieux de gagner le haut de la colline contre laquelle était bâtie sa maison : de là, on verrait mieux la baie. J'ai pris ma nièce sur mes épaules et on s'est mis en route, à contre-courant des habitants qui gagnaient le port. Clio, qui n'avait aucune idée du danger, était ravie du point de vue ; elle chantonnait en attrapant les boucles de mes cheveux.

Enfin, nous avons atteint le sommet. Et nous avons vu.

Des dizaines de navires se détachaient de l'horizon.

Le désespoir m'a noué la gorge. Nous étions là, à ne savoir que faire, à nous dire que notre fin était proche, mis à part ma nièce qui continuait de babiller en me tirant les cheveux ou les oreilles.

– J'ai pris les dés, a lâché Androclès. Si on doit crever, autant que ce soit dans un moment convivial, non ?

Il s'est assis et je l'ai imité. Clio a un peu chouiné et ma sœur l'a prise dans ses bras. Nous nous sommes installés en cercle et, de manière très naturelle, avons repris notre partie. En quelques instants, nous avions oublié le danger, seuls en haut de la colline quand tout le quartier était massé sur le port.

Quand la nuit nous a contraints d'arrêter de jouer, nous nous sommes souvenus que nous devions mourir. Et que rien ne s'était passé.

Il faisait trop sombre, à présent, pour qu'on distingue quoi que ce soit de la baie. Alors on est redescendus vers le port. En chemin, des airs entraînants ont flotté vers nous. De la musique, des chants, des rires. Comme si toutes les tavernes célébraient une grande victoire. *Comme si nous avions gagné à Aïgos Potamos*, j'ai pensé.

Une pensée folle m'a alors traversé l'esprit, et je me suis mis à courir comme un dératé. J'ai entendu Thémis derrière moi :

– Héraclios, attends ! Qu'est-ce que tu fous ?

Le quai était noir de monde et les trières que nous avions vues à l'horizon sagement parquées à l'intérieur, comme à l'époque où Athènes disposait d'une flotte. Les badauds se congratulaient, dansaient de joie, le vin coulait à flots. J'ai happé le premier gars que j'ai trouvé sur mon chemin.

– Qu'est-ce qui se passe ? j'ai demandé.

– Tu ne sais pas ?

Il a eu un grand sourire édenté.

– L'amiral Conon est rentré ! Avec des dizaines de marins qui étaient avec lui à Aïgos Potamos !

Je me suis mis à trembler d'émotion. La pensée folle qui m'avait traversé l'esprit sur le chemin du port, c'était la vérité.

– Pendant dix ans, ils ont trouvé refuge à Chypre puis en Perse, et ces peuples les ont aidés à reconstruire une flotte. Et tu veux savoir le meilleur ? Avec ses navires, Conon vient de battre la marine des Spartiates ! Sparte n'a plus de flotte et nous, nous avons retrouvé la nôtre !

– Où... où est Conon ? j'ai demandé. Et les marins qui sont rentrés avec lui ?

– Bon courage pour les retrouver dans cette foule ! Mais je pense que Conon est encore par là. Il avait envie de célébrer son retour à Athènes avec les gars du Pirée.

Étéoclès, Myrto, Androclès et Thémis, qui portait à son tour la petite Clio sur ses épaules, m'avaient rejoint. Fébrile, je leur ai restitué tout ce que le passant venait de me dire. Thémis a ouvert grand la bouche, avant de lâcher un de ces rugissements de joie dont il a le secret. Sur ses épaules, Clio s'est mise à rire et à réclamer « encore ». On exultait. On s'est laissé entraîner par la foule, la foule grisée des grandes victoires. *C'est comme si nous étions rentrés vainqueurs d'Aïgos Potamos,* j'ai de nouveau songé. *Dix ans après*. Alors, d'émotion, j'ai éclaté en sanglots.

– Toi aussi, tu viens de rentrer ? m'a demandé un gars qui pleurait également à chaudes larmes. Ça fait quelque chose, hein ? Après tout ce temps…

Sa voix m'était familière. Alors je l'ai détaillé, et j'ai remarqué le grand type qui l'accompagnait. Je crois qu'on s'est reconnus en même temps.

– Mastard ? j'ai dit. Éole ?

– Mocheté ? ils ont répondu tous les deux.

Je n'avais pas entendu ce surnom depuis que je n'étais plus marin. Celui que me donnaient ironiquement mes camarades rameurs parce qu'on me trouvait beau à faire rougir Apollon. Ces deux gars au teint buriné d'avoir ramé, le petit sec et le grand costaud qui reniflait toujours autant, c'étaient les camarades avec qui je m'étais éloigné de la plage pour chercher quelque chose à manger, à Aïgos Potamos. Quand les Spartiates avaient débarqué, nous avions couru chacun de notre côté et nous nous étions perdus de vue. Depuis tout ce temps, je les croyais morts. En réalité, ils étaient parvenus à rejoindre les navires de Conon et à fuir avec lui.

Mastard a eu un sourire.

– Tu te souviens, Mocheté, de la dernière blague qu'on s'est faite avant de se séparer ?

– « Quelle est la différence entre un Spartiate et un miroir ? » j'ai dit.

– Le miroir réfléchit, a répondu Étéoclès, qui se tenait à mon côté.

Je me suis tourné vers lui et nous avons tous ri.

NOTE DE L'AUTRICE

Le récit que vous venez de lire pourrait constituer le témoignage d'un citoyen athénien modeste sur les années qui ont suivi la guerre du Péloponnèse entre Athènes et Sparte. Le récit débute huit ans après l'issue de ce long conflit (et la défaite de la flotte athénienne à Aïgos Potamos, en 405 av. J.-C.).

Si le narrateur, Héraclios, ainsi que ses proches du Pirée (Phryné, Thémis, Myrto, Androclès...) sont entièrement fictifs, la plupart des personnages que ceux-ci sont amenés à croiser ont réellement existé. De même, la trame de l'histoire s'inspire d'événements relatés par un témoin de l'époque, l'historien athénien Xénophon, au livre III des *Helléniques*, et par un écrit plus tardif, la *Vie de*

Lysandre de Plutarque (Ier siècle)*. L'expression « Maître de la Grèce » est d'ailleurs empruntée à ce dernier.

Il m'est toutefois – magie du roman historique ! – arrivé de prendre des libertés avec les faits relatés par ces deux auteurs. Par exemple, l'oracle tel que rapporté par Plutarque ne fait pas allusion à un « soldat brillant », mais à un « hoplite [fantassin lourd] retentissant » : « Je t'engage à te garder du retentissant hoplite et du dragon, fils de la Terre, qui suit traîtreusement. » Plutarque note ensuite une explication avancée à l'époque pour cette prophétie : « Celui qui avait tué Lysandre était un soldat d'Haliarte nommé Néochoros, qui portait sur son bouclier un dragon pour emblème. » On ne sait rien de plus sur ce Néochoros, et pas davantage sur « le Lacédémonien Étéoclès », cité par Plutarque, qui a affirmé que « la Grèce n'aurait pu supporter deux Lysandre ». Les personnages qui portent leur nom dans ce récit sont le fruit de l'imagination de l'autrice. L'idylle entre Thrasybule et une femme de mauvaise vie est également entièrement fictive. Je me suis toutefois inspirée de la liaison entre son

* Des traductions françaises de ces textes sont disponibles en libre accès sur le site du professeur de langues anciennes Philippe Remacle, www.remacle.org. Cette base de données foisonnante a été pour moi un précieux outil de travail dans la rédaction de ce récit.

illustre prédécesseur dans les affaires publiques d'Athènes, Périclès, et une courtisane de haut rang originaire de Milet, Aspasie, qui faisait scandale dans Athènes. Rien n'atteste non plus que Pélopidas, futur grand général thébain, se soit trouvé dans sa jeunesse à Haliarte et ait joué un rôle aussi important dans cette bataille. Enfin, pour plus de simplicité, il n'est pas fait mention dans ce volume du fait que Lacédémone, le territoire de Sparte, était gouvernée conjointement par deux rois.

Le destin exceptionnel de l'amiral Conon se fonde en revanche sur des faits relatés par Xénophon (*Helléniques*, livre IV). Rescapé d'Aïgos Potamos, l'amiral athénien s'est enfui à Chypre puis, de là, a gagné la Perse, où il a obtenu du soutien. Un an après la mort de Lysandre (394 av. J.-C.), il a combattu et vaincu la flotte spartiate à Cnide, avant de rentrer dans sa patrie après plus de dix ans d'exil et de faire rebâtir les Longs Murs d'Athènes.

ON LIT
PLUS
FORT.
COM

L'ACTUALITÉ DES ROMANS
GALLIMARD JEUNESSE

Loi n° 49-956 du 16 juillet 1949
sur les publications destinées à la jeunesse

Mise en page : Françoise Pham
ISBN : 978-2-07-514286-1
N° d'édition : 364686
Dépôt légal : avril 2021

Imprimé en Italie par L.E.G.O. Spa - Lavis (TN)